KB210562

그런 날이 있잖아,
불행을 만났다가 잘 헤어진 날

그런 날이 있잖아,
불행을 만났다가 잘 헤어진 날

배서영 에세이

스무 살, 예상치 못한 일로 인생이 뒤바뀐 이야기. 뇌출혈, 편마비, 재활

Castingbooks

≋

쓰러지지 않고,
살아내고,
웃을 수 있는 오늘

2012년 스무 살의 겨울, 내 인생은 느닷없이 멈췄다. 캠퍼스를 누비고, 미래를 설계할 나이에 나는 병원 침대 위에서 눈을 떴고, '뇌출혈'이 내 삶의 방향을 바꾸어 놓았다. 그날 이후, 모든 것이 달라졌다. 숨 쉬는 일조차 조심 스러웠고, 걷는 것도, 말하는 것도 다시 배워야 했다. 하지 만 멈춘 것 같던 시간 속에서 나는 아주 천천히, 새로운 리 듬을 배우기 시작했다. 나를 기다리는 더 나은 내일을 믿 는 법, 작은 움직임 하나에도 감동하는 법, 그렇게 나는 삶 을 다시 매만지고 있었다.

이 책은 특별한 사람의 영웅담이 아니다. 그저 예상치

못한 방향으로 흘러가 버린 삶 앞에서 나만의 속도로 다시 걸음을 내디뎌야 했던 한 사람의 이야기다. 처음엔 그저, 나와 비슷한 상황에 놓인 누군가에게 작은 위로가 되었으면 했다. 검색해도 나오지 않던 '그런 이야기'를 내가 먼저 써보고 싶었다. 비포장길일지라도, 그 길 위에서 누군가의 발걸음을 밝히는 등불이 된다면 그것만으로도 이 기록은 충분히 의미 있다고 믿었다.

최근, 또 한 번의 고비가 찾아왔다. 남아 있는 혈관 제거를 위한 개두술 이야기에 다시 불안이 찾아왔지만, 검사 결과는 뜻밖에도 따뜻했다. 생각보다 깔끔히 정리된 머릿속 혈관들이 마치 나에게 괜찮다고 속삭여주는 듯했다. 기적은 거창한 게 아니었다. 쓰러지지 않고, 살아내고, 웃을 수 있는 오늘. 그 자체가 기적이라는 걸 나는 이제 안다. 돌아보면, 내 삶은 한참 돌아왔지만, 그 길 위에서 나는 새로운 나를 발견했다. 더디지만 단단하게, 흔들리지만 끝내 나아가는 법을 배우며 살아가고 있다.

이 책은 과거의 나에게 건네는 위로이자, 지금, 이 순간 누군가에게 닿을 수 있기를 바라는 손길이다. 당신의 인생도 가끔은 예상과 다른 방향으로 흘러가고 있진 않나요? 하지만 기억해 주세요. 삶이 완벽하지 않아도, 우리는 여전히 아름다운 이야기를 써 내려갈 수 있다는걸. 이 책이 당신의 마음 어딘가에 작은 불빛처럼 남기를 바라며, 나의 이야기를 이제 시작합니다.

차례

혼란
꽃다운 스무 살, '빡빡이'가 되다

설렘

세상이 나를 속일지라도 나는 나아가리라

Part
3

불안
진흙탕 속에 버려질 때,
내게 필요했던 마법의 주문

Part
4

극복
당당하게 한 발씩 나아갑니다

Part
5

도전
흔들리는 꽃이라 하더라도

혼란
꽃다운 스무 살, '빡빡이'가 되다

1

≋

1 더하기 1이
뭐야?

어느 화창하고 평범한 날이었다. 여느 때처럼 친구들과 학원 수업을 마치고 치킨을 시켰고, 설레는 마음으로 치킨을 기다리고 있었다. 그런데 그때, 갑작스럽게 찾아온 두통이 내 모든 일상을 뒤흔들고 말았다. 단언컨대, 이는 평소에 단 한 번도 경험해 보지 못한 경험이었고, 마치 단단한 망치로 머리를 한 대 맞은 듯한 극심한 고통이었다. 순간 머리가 너무나도 아파서 대학병원 응급실로 가야겠다는 생각이 가장 먼저 들었고, 황급히 119에 전화를 걸었다.

"(통화 연결음 소리가 울리며) 네, 119입니다. 무엇을 도와드릴까요?"

"(다급하고 떨리는 목소리로) 제가 갑자기 머리가 아파서요."

"지금 계신 위치가 어디시죠? 여보세요?"

"(옅어지는 목소리로) 여기는요……(픽! 하고 쓰러진다)."

[Web 발신]
119에서 긴급구조를 위해 귀하의
휴대전화 위치를 조회하였습니다.

감당할 수 없는 고통 속에서도 오른쪽 팔과 다리가 마비되고 있는 듯한 느낌이 들었고, 지속적으로 구토를 했으며, 그리고 혼수상태에 이르렀다. 나는 구급차가 도착하자마자 안도감을 느끼며 깊은 꿈속으로 빠져 들었다. 보름 정도 시간이 흘렀을까? 나는 낯선 곳에서 눈을 떴다. 나를 둘러싼 것은 중환자실의 소독약 냄새가 풍기는 차가운 벽이었다.

'여기는 어디지?'
'나는 왜 여기에 혼자 있는 거야?'
'내가 얼마나 잠을 잔 거야?'

이 세상에서 나만 홀로 모든 것이 멈춘 듯 세상은 나를 두고 조용히 흘러가고 있었다. 그리고 내 몸은 완전히 마비된 듯 보였다. 무엇보다도 나는 춥고 무서운 중환자실을 빨리 벗어나, 그저 집으로 돌아가고 싶다는 생각뿐이었다. 얼마 후에 의사로부터 내 뇌의 좌측에 기형 혈관이 터져 1/4이 손상되었다는 충격적인 소식을 들었다.

"(엄마가 긴장된 표정으로) 서영아, 1 더하기 1이 뭐야?"

"(잠시 고민하더니) 엄마, 나 잘 모르겠어. 이상하게 계산이 안 돼."

"(애써 침착한 표정을 지으며) 괜찮아. 서영아. (나를 꼭 끌어안으며) 다 좋아질 거야."

"엄마. 너무 추워."

나는 기초적인 계산조차 할 수 없는 나 자신과 이 난감한 현실이 무서웠고 슬펐다. 특별히 노력하지 않아도 당연하게 작동해 왔던 내 몸의 모든 기능이 내 의지를 거부한 채로 제대로 기능하지 않았다.

'아직 스무 살밖에 안 됐는데,
간단한 계산도 못 하는 사람이 되어버렸는데,
이젠 어떡하지?'

순간적으로 엄청난 불안감이 나를 휘감았다. 중환자실에서의 나날은 극심한 공포로 가득 차 있었다. 잠에서 깨면, 내 눈앞에는 『해리포터』의 '디멘터'와 같은 3미터를

웃도는 거대한 검은 형체들이 날아다니고 있었으며, 그것들은 나를 괴롭히며 소리 없는 비웃음을 날렸다. 나는 엄마를 보자마자 퇴원하고 싶다고 애원했고, 상태가 점점 나빠지자, 간호사들마저도 나를 괴롭히는 '디멘터'처럼 느껴졌다.

"(떨리는 목소리로) 엄마! 나 언제 퇴원해? 간호사 선생님들이 나를 맨날 괴롭혀."

엄마와 아빠가 나를 괴롭히는 간호사들과 잠을 못 자게 하는 '디멘터'들 사이에 내버려두고 하루에 2번씩 꼬박꼬박 면회를 오는 사실이 이해가 가지 않았다. 그러다 한 달이 지난 후에야 나는 드디어 일반 병동으로 옮겨질 수 있었다. 중환자실을 떠나는 순간, 그곳의 간호사들이 실제로는 나의 회복을 진심으로 응원해 주는 천사와 같은 존재였다는 것을 뒤늦게나마 알게 되었다. 중환자실에서 느꼈던 공포는 내가 정신적으로 약해진 상태에서 본 환영이었다. 나의 스무 살의 마지막 날들은 그렇게 병원 신세로 마무리되고 있었다.

일반 병동으로 가는 날은 내 평생에 잊지 못할 순간이었다. 하루에 두 번, 그마저도 정해져 있는 시간에만 면회가 되었던 중환자실을 벗어나 일반 병실로 옮겨졌고, 혼자 외롭게 있는 게 아닌 엄마와 함께 있을 수 있다는 사실 만으로도 크게 위로가 되고 안도할 수 있었다.

'아직 완전한 퇴원은 아니지만,

나는 아직 어리고 젊으니까,

이제 곧 퇴원할 수 있을 거야.'

이제 혼자가 아닌, 엄마와 함께 병원 생활을 할 수 있
다는 사실만으로도 너무 감사하고 행복했다. 그날, 엄마가
동생 지훈이의 영상 편지를 내게 보여주었다. 화면 속에서
의 동생은 어색한 미소를 지으며 말을 시작했다.

> 안녕. 누나! 힘내야 해. 누나가 너무   rec ●
> 힘들어하는 모습 보고 싶지 않아.
> 나, 일요일마다 혼자 성당에 가고 있어.
> 내 인생에 누나가 없으면 안 되는 거
> 알지? 누나가 없으면 나, 정말 힘들어.
> 누나도 알다시피 내가 세상에서 제일
> 좋아하는 사람이 누나잖아.

> 누나가 깊은 잠에서 깨어나자마자 제일   rec ●
> 먼저 아빠를 보고 싶다고 말했을 때,
> 왜 나는 보고 싶다고 말하지 않았는지,
> 사실 조금은 서운했어. 아니, 다시
> 생각해 보니까 너무 서운했지. 누나,
> 그래도 내 맘 알지? 힘내! 누나. 화이팅!

동생의 말 한마디 한마디가 진심으로 다가왔다. 동생의 말에는 나를 향한 깊은 애정과 가족을 향한 소중함이 고스란히 담겨 있었다. 동생의 '힘내!'라는 단어는 단순한 격려가 아니라, 우리가 함께 이겨내자는 강한 의지의 표현처럼 들렸다. 동생의 순수한 마음과 가족을 향한 그의 깊은 사랑에 귀엽다는 생각과 동시에 지금까지 그에게 충분한 관심을 주지 못한 것에 대한 미안함이 함께 밀려왔다. 그리고 정말 많은 친구가 페이스북을 통해 내 소식을 듣고, 내가 의식이 없던 그 순간에도 중환자실로 면회를 와서 울어주고 기도해 주었다는 얘기를 들었다. 글썽거리는 눈물을 참으며 그들의 행동에 감사함을 느꼈다. 그들이 다녀간 고마움의 흔적이 병실 가득히 남아 있었다.

병동에서의 생활은 이전보다 훨씬 더 행복하게 느껴졌다. 친구들이 애틋한 마음으로 기꺼이 면회를 와주었고, 어떤 친구는 내가 평소에 좋아하던 떡볶이를 가져다주며 내 회복을 간절히 기원했다. 그때 먹었던 떡볶이가 지금도 생각난다. 그건 단순히 떡볶이의 맛 때문만은 아니었을 것이다. 이제 갓 스무 살이 된 친구들은 약속도 많아지고, 이곳저곳 놀러 다니기도 바빴을 텐데, 갑자기 쓰러진 나를 위해 복잡하고 정신없는 서울성모병원까지 기꺼이 와준 친구들의 고마운 마음이 담겨 있기 때문이다.

"(내 두 손을 꼭 잡으며) 서영아, 빨리 퇴원해서 우리 함께 놀러 가야지!"

"(환한 미소로) 응, 그래야지. 고마워"

'나를 응원해 주는 사람이 이렇게 많았다니,
빨리 나을 수 있을 것 같아.'

처음 병에 걸렸을 때는 앞으로 긴 시간을 병원에서 보내야 할 걱정으로 어둡게만 생각했지만, 이제 나는 이른 시일 내에 퇴원하고, 다시 일상으로 돌아갈 수 있을 것이라는 확신을 가지게 되었다. 나를 둘러싼 모든 사랑과 지지 덕분에 나는 다시 한번 삶의 소중함과 회복의 기쁨을 느끼게 되었다.

그럼에도 불구하고 일반 병동으로 옮겨간 초기에는 앞으로 내가 겪어야 할 회복 과정이 이렇게 길어질 것이라고는 상상조차 하지 못했다. 병실 안에서 크리스마스와 새해가 조용히 지나가리라는 것, 적어도 3개월 이상은 병원의 창문 너머로 계절이 바뀌는 것을 볼 수밖에 없다는 것, 여러 특별한 날들을 병동에서 보내야 한다는 것을 그때는 예상치 못했다.

혼란 : 꽃다운 스무 살, '빡빡이'가 되다

2

엄마의 눈을 줄 수 있으면
너에게 줄게

    혼자서는 휠체어에 앉기도 힘들었던 나는, 휠체어를 타려면 성인 남성 두 명이 도와줘야 겨우 휠체어에 탈 수 있었다. 중환자실에서 누워서 보낸 15일 동안에 나의 근육은 쇠약해지고 몸은 쇳덩이처럼 무거워져만 갔다. 평소에 겨우 숨쉬기 운동 정도만 하던 나에게 재활 치료는 뜻밖에 새로운 도전이었다. 물리치료와 작업치료는 내가 상상했던 것보다 훨씬 힘들었고, 일상의 단순한 행동조차 하나하나 큰 노력이 필요한 일이 되었다. 예전에는 아무렇지 않게 할 수 있었던 일들이 이제는 깊이 생각하고 행동해도 뜻대로 되지 않아서 좌절하며 고통스러워했다.

    또, 머리를 다쳐서 그런지 기억력에도 문제가 생겼다.

기억력 하나는 끝내주던 나였지만, 머리를 다친 이후로 친구들의 이름과 아빠의 전화번호 같은 단순한 것조차 기억이 나지 않았다. 그런 상황은 나를 더욱 절망적으로 만들었다. 너무 답답하고 앞으로 평생 이런 기억력으로 살아야 한다는 생각에 걱정이 앞섰다.

'앞으로 평생, 이 기억력으로 살아야 할까?'

그러나 이런 생각이 끝나기도 전에 언젠가는 다시 좋아질 것이라는 희망적인 생각이 연이어 떠올랐다. 억지로 생각하지 않아도 나는 그렇게 믿어졌다.

크리스마스이브 때, 왼쪽 눈에 검은 점이 보였다. 그 점은 점점 커졌고, 나는 또 다른 시련을 예고하는 듯한 상황에 불안감을 느꼈다. 엄마는 나를 안과에 데려가자고 하셨고, 우리는 즉시 진료를 예약했다. 여러 가지 검사가 진행된 후, 연휴에 근무하고 있던 인턴 의사 선생님께서 나에게 말했다.

"(차트를 넘기며) 언제부터 이랬어요?"

"아. 언제부터인지 잘 모르겠어요. 어제부터 인식했어요."

"흠……. 조금 더 정확한 검사를 해봐야 알겠지만, 혈관이 터지는 바람에 터진 혈액이 시신경을 누른 것 같아요. 최악의 경우, 실명할 수도 있습니다."

"(깜짝 놀라며) 네!?"

나는 그 순간, 온몸이 얼음처럼 얼어붙는 듯 움직일 수조차 없었다. 안과 검사 후, 혈관 문제로 시신경이 눌리고 있다는 소식은 죽음의 문턱을 넘은 후에 맞이한 두 번째 경험하는 새로운 현실이었다. 나는 사고 이후 상상하기 싫은 최악의 시나리오를 여러 번 그려봤지만, 시력을 잃을 수 있다는 사실은 전혀 예상하지 못했다. 언어 장애도 피해 갔고, 재활만 열심히 하면 다시 좋아질 것이라는 희망을 품고 있던 나에게는 믿고 싶지 않은 절망적인 순간이었다. 의사의 말이 끝나자마자 가족들은 모두 당황스러워했다.

'내게 이런 불행이 왜 연속적으로 오는 걸까?'
'한쪽 시력으로도 살아갈 수 있을까?'

"서영아, (엄마가 내 손을 꼭 잡고, 단호한 표정으로) 엄마의 눈을 줄 수 있으면 너에게 줄게. 걱정하지 마."
"(글썽이는 눈으로) 엄마."

드라마 『천국의 계단』에서 뇌종양으로 눈을 잃게 된 최지우에게 신현준이 눈을 주기 위해 스스로 목숨을 끊는 장면이 떠올랐다. 그때는 '뭘 저렇게까지 하나?'라고 생각했지만, 지금은 '신현준이 최지우를 진심으로 사랑했구나!'

라는 생각이 들었다. 드라마에서 보던 일이 실제로 나에게 일어날 줄은 꿈에도 몰랐다. 그날, 엄마와 나는 서로를 껴안고, 아무 말 없이 한참 동안 울었다. 나는 달빛이 깃든 창가에서 뜬눈으로 밤을 지새웠다. 다음 날 검사가 진행됐고, 검사 후에 만난 담당 교수님은 내게 이렇게 말했다.

"뇌출혈이 일어나면서 신경을 누르긴 했지만, 레이저로 터트리면 별거 아닙니다. 너무 걱정하지 마세요."

교수님의 말은 이 모든 시련이 단지 지나가는 폭풍우일 뿐이라는 것을 상기시켜 주었다. 나는 운 좋게 최악의 상황에서 간신히 벗어날 수 있었다. 나의 소중한 눈은 지켜냈으니 말이다. 이 사건은 내가 현재 가진 것에 감사하며 살아가야 할 이유를 명확히 깨닫게 해 준 값비싼 교훈이었다. 그때 나는 인생에서 마주칠 어떤 시련도 극복할 수 있는 내면의 힘을 발견했다. 하루 사이에 느낀 좌절감과 시련은 분명 힘들고 고통스러웠지만, 그 과정에서 자신감을 얻게 되었고, 내 몸의 소중함을 다시 한번 깨달았다.

나는 스무 살이라는 어린 나이에 깊은 절망을 두 번이나 마주했다. 그 순간은 나에게 절망의 시작이었지만, 중요한 변화의 시작이기도 했다. 그 어려운 시기를 겪으면서 나는 내 안에 숨겨진 강인함을 발견했다. 가장 힘든 순간에도 절대 포기하지 않고, 어떠한 시련 앞에서도 쉽게 굴하지 않는 내면의 힘을 찾아냈다. 이제 나는 더 넓은 세상

으로 나아갈 준비가 되었다. 어떤 시련이든, 도전이든 절
대 굴하지 않고 맞설 수 있는 용기와 희망을 품고 있다.

3

≈≈≈

서영 씨는 앞으로
평생 운동을 해야 해요

　예기치 못한 뇌출혈로 강제적인 병원 생활이 시작되었
고, 그 와중에도 친구들이 한두 명씩 지속적으로 병문안을
오며 내 곁을 지켜주었다. 그중 한 친구가 고심해서 선물
해 준 책이 있었는데, 그 책의 제목은 『The Secret 시크릿』
이었다. 이 책은 'R=VD'라는 공식을 통해 꿈을 선명하게
그리면 현실로 이룰 수 있다는 메시지를 전하고 있었다.
긍정적인 생각이 긍정적인 결과를 끌어낸다는 믿음은 나
에게 큰 희망이 되었다.

　나는 빠른 회복과 예전의 활기찬 모습으로 돌아가기를
꿈꾸며 자주 긍정적인 상상을 했다. 상상 속에서 나는 다
시 찰랑거리는 긴 머리를 기르고, 친한 친구들과 뛰어놀며

　　　　　　혼란 : 꽃다운 스무 살, '빡빡이'가 되다

행복한 표정을 지으며 웃고 있었다.

하지만 현실은 기대와는 너무도 달랐다. 몸에는 힘이 전혀 없었고, 거울 속의 내 모습은 예전과는 매우 다른 상태였다. 초라하다 못해 비참한 모습은 나에게 스트레스를 주었고, 특히 모자를 쓰지 않고서는 거울조차 바라보지 못할 정도였다. 다행히 친구들이 선물해 준 모자를 쓰며 자신감을 조금이나마 되찾으려 했지만, 드라마 속의 아름다운 여주인공들과 비교조차 할 수 없는 내 모습은 나를 더욱더 우울하게 만들었다.

병원에서 만나는 환자의 보호자 중 일부는 심지어 나를 어린 소년으로 오해하기도 했다. 외모에 대한 극심한 스트레스는 나를 더욱 깊은 고민에 빠뜨렸고, '성형이라도 해야 하나?'하고 진지하게 고민했었다. 이러한 상황은 내 자신감에도 큰 타격을 주었다. 한번은 내가 쓰러질 당시에 곁에 있어 준 친구에게 이런 내 속마음을 털어놓았다.

"(거울을 보며) 나, 지금 너무 못생겨 보여. 겨우 기른 생머린데, 정말 속상해."

"(나를 똑바로 보며 단호한 표정으로) 머리는! 얼마든지 기를 수 있어! 그리고 이렇게 이쁜 빡빡이가 세상에 어딨냐?"

그녀의 진심 어린 위로에도 내 마음 깊은 곳의 상처는 덧나다 못해 곪았는지 쉽게 치유되지 않았다. 그러던 중 병원으로 퀵 하나가 배달되었다. 재수학원을 함께 다니던 친구들이 보내준 가발이었다. 난생처음 가발을 써보게 되었고, 조금이나마 예전의 내 모습을 되찾은 듯한 기분을 느꼈다. 선물 받은 내 가발을 가져가 쓰고 있는 아빠의 엉뚱한 모습에 우리 가족은 다 함께 웃으며 잠시나마 즐겁게 보낼 수 있었다. 친구들의 선물로 얻은 이 작은 변화가 가족과 함께 웃을 수 있는 소중한 순간을 만들어 주었다.

고등학교 시절에 체육 시간을 특히 싫어했던 나는, 이제껏 살면서 운동을 해본 경험이 전혀 없었다. 그래서 처음으로 해본 재활 운동은 힘들기보다는 너무 아팠다. 살짝 만지는 것만으로도 칼로 살을 찌르는 듯한 고통이 느껴졌다. 반면에 신기하게도 마비가 오지 않은 좌측은 전혀 아프지 않았다.

"서영 씨는 앞으로 평생 운동을 해야 해요."

"(어쩌겠어. 받아들이는 수밖에) 네, 그럼요."

이제 나에게 운동은 선택이 아닌 필수가 되었다. 남들보다 두 세배, 아니 다섯 배, 열 배는 더 해야 다른 사람들과 똑같은 평범한 몸이 될 수 있을 것만 같았다. 긍정적인 마음가짐을 갖고 있던 나에게도 재활 운동은 쉽지 않았다. 때마다 운동하러 내려가는 길은 한 발 한 발 두려움으로 가득 차 있었다. 재활 과정은 내게 그만큼 힘들고 고통스러웠다.

'죽을 약 곁에 살 약 있다.'

어떤 곤경에서도 희망을 찾을 수 있다는 믿음으로 재활 운동을 통해 운동의 중요성을 새롭게 인식하게 되었고, 이를 통해 몸과 마음이 더욱 건강해질 수 있다는 생각이 들었다. 재활 운동을 반복할수록 희망이 생기고, 그것이 내 일상 루틴 중 하나로 자리 잡게 되었다.

'운동은 하나도 안 하던 내가, 이제 운동하게 되었으니,
몸과 마음이 더 건강해질 수 있다는 거네?
오히려 좋아!'

나는 이렇게 마음가짐을 바꾸었다. 그리고 아빠의 진심이 담긴 소중한 편지는 내 불안한 마음을 더욱 긍정적으로 바꿔주었다.

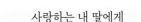

사랑하는 내 딸에게

우리 딸하고 둘이 얘기를 많이 하고 싶은데, 생
각보다 기회가 잘 없었네. 그래서 아빠가 편지

로나마 아빠의 마음을 전하고 싶어서 이렇게 편지를 쓰고 있단다. 서영아! 아빠가 우리 딸을 얼마나 사랑하는지 알지? 오늘이 우리 딸, 서영이가 뇌출혈로 쓰러진 지 264일이 됐네. 짧다면 짧고, 길다면 긴 시간이네. 그동안 우리 딸은 힘들었겠지만, 아빠는 조급하게 생각하지 않으려고 해. 아직 1년도 안 됐잖아. 아빠가 요즘 눈물이 많아졌어. 그렇지만 너무 행복해. 처음엔 너무 슬펐고, 미안한 마음뿐이었는데, 지금은 행복하단다. 생각대로 되질 않아서 우리 서영이가 제일 힘들겠지만, 너무 조급하게 생각하지 말고, 최선을 다하면 다 잘될 거라 믿어. 아빠가 조금 더 잘했었으면…… 그렇게 못한 것이 너무 후회되고 그래. 지금부터라도 우리 가족들한테 더 열심히 할게. 그리고 서영아. 우리가 힘들 때, 걱정해 주신 사람들을 잊어서는 안 돼. 작은 아빠는 매일매일 성모병원에 출근하다시피 했고, 외할머니, 증조할머니, 일산 할아버지 등 얼마나 걱정하셨는지, 모두 기억하고 감사해야 해. 아빠가 또 잔소리했나 보다. 아빠는 가족을

　　　　　혼란 : 꽃다운 스무 살, '빡빡이'가 되다

위해서 최선을 다할게. 엄마랑 우리 딸이 아빠

한테 구박하더라도 꿋꿋하게 최선을 다할 거야.

힘들더라도 우리 딸 힘내고, 파이팅! 서영이가

내 딸이라는 게 너무 행복하고, 감사하다. 딸!

사랑해

- 울산에서 아빠가 -

아빠의 편지를 읽으며 사랑과 응원 그리고 이해가 가득한 가족의 품이 우리에게 큰 힘이 되어 준다는 사실을 다시 한번 마음 깊이 느꼈다. 가족은 우리가 살면서 어려움을 겪을 때, 우리가 다시 일어서서 앞으로 나아갈 수 있도록 돕는 대체 불가한 존재이다.

나의 20대는 절망의 시작이었지만, 동시에 내면의 성장과 변화가 싹트기 시작한 시기였다. 절망의 그늘을 벗어나며, 나는 나만의 길을 찾기 위해 한 걸음씩 나아가고 있다. 그 어두운 시기는 나에게 중요한 변화의 서막이기도 했다. 고통스러운 경험을 통해서 나는 내면의 강인함을 발견하게 되었다. 어떤 상황에서도 포기하지 않고, 힘든 시련에도 끝까지 버틸 수 있는 내면의 힘이 나를 더욱 강인하게 만들었다. 그 힘은 마치 깊은 바다에 반짝이는 보석처럼 내 마음 깊은 곳에 자리 잡고 있었다.

오늘도 나는 묵묵히 그리고 잔잔하게 내가 해야 할 일을 해 나갈 것이다. 나는 내 안의 불꽃을 믿고, 그 불꽃이 나를 이끌어 줄 것임을 확신한다. 앞으로의 여정도 여전히 쉽지 않겠지만, 그 속에서도 나는 나만의 빛나는 길을 찾아갈 것이다. 절망은 나를 무너뜨리지 못했고, 오히려 나를 더 단단하게 만드는 원동력이 되었다. 나는 내면의 힘을 통해 나의 시련을 새로운 가능성으로 바꾸어 나갈 것이다.

혼란 : 꽃다운 스무 살, '빡빡이'가 되다

4

어! 아직
올 시간이 아닌데?

뇌출혈로 쓰러져 의식이 없던 15일 동안 나는 긴 꿈을
꾸었다. 꿈속에서 나는 영화『아바타』의 한 장면처럼 많은
사람들이 신비로운 캡슐 안에 들어가 있는 광경을 목격했
다. 그들은 마치 현실을 초월한 세계로 들어가기 위해 준
비하는 듯 보였고, 그 순간의 긴장감과 기대감은 나의 심
장을 두근거리게 했다. 캡슐의 얇고 투명한 유리 벽 너머
로 보이는 푸르고 아름다운 풍경은 마치 또 다른 차원에
발을 내딛는 것처럼 나를 매혹했다.

예기치 못한 이 꿈의 경험은 나를 깊은 성찰의 여정으
로 이끌었다. 캡슐 안에 있는 사람들의 표정은 각기 달랐
지만, 그들의 눈빛은 새로운 세계에 대한 갈망으로 가득

차 있었다. 그 모습은 나에게 우리가 모두 새로운 삶을 갈망하고 있다는 사실을 일깨워 주었다. 현실과 꿈의 경계에서 헤매고 있던 그 순간, 신적인 존재가 내가 있던 캡슐 쪽으로 서서히 다가오고 있었다.

"여기가 어디지? (고개를 들어 주변을 둘러보며) 어! 다른 캡슐 안에도 사람들이 있네. 다들 누군가를 기다리고 있는 표정이네. 아! 저 푸르고 아름다운 것은 혹시 우주일까? 너무 아름답고 황홀해."

"(저벅저벅 묵직한 걸음걸이 소리가 가까워진다)"

"(남자가 무언가를 살펴보며) 어! 아직 올 시간이 아닌데?"

그 말에 나는 놀라움과 두려움이 뒤섞인 감정을 느꼈다. 마치 삶과 죽음의 경계에서 다시 현실로 불려 온 듯한 느낌이었다. 고개를 들어 주변을 둘러보니, 시간과 공간의 경계가 흐트러지고, 나는 현실과 꿈의 경계가 모호해지는 것을 강하게 느꼈다. 그 순간, 모든 것이 무너지는 듯한 압박감과 함께 나는 깊은 잠에서 깨어났다. 눈을 떴을 때, 여전히 그 꿈의 생생한 느낌이 내 온몸을 휘감고 있었다. 그런 꿈을 꾼 것이 무서웠고, 다시 그곳으로 돌아갈까 봐 두려웠다. 불안과 공포가 나를 사로잡았다.

그래서 나는 신부님이신 외삼촌을 만나서 꿈 이야기를 조곤조곤 털어 놓았다.

"신부 삼촌, 꿈에서 제가 캡슐 안에 누워 있었어요. 제

옆에도 수많은 사람들이 있었고요. 얼마 후에 어떤 신적인 존재가 다가오더니, 제게 아직 올 시간이 아니라고 말씀하셨어요. 너무 무서워요. 혹시 그 신적인 존재가 갑자기 마음이 바뀌어서 저를 다시 데려가진 않을까요?"

"(따뜻한 미소를 지으며) 서영아, 네가 하느님을 뵈었나 보구나. 신부인 나도 아직 그런 경험은 없는데, 네가 나보다 먼저 귀한 경험을 했구나."

"신부 삼촌, 저는 괜찮을까요? 지금 너무 무서워요."

"(어깨를 다독이며) 걱정하지 마라. 괜찮아. 그럴 때마다 기도를 열심히 하면 금방 좋아질 거야. 하느님이 뜻과 계획이 있어서 너를 살려주셨으니, 이제 더 열심히 살아보자."

신부님의 말씀은 나에게 위로와 큰 힘이 되었고, 혼자 간직하던 꿈의 내용을 모두 털어놓으니, 내 마음의 짐이 덜어지는 듯했다. 신부님의 말씀처럼 하느님이 나를 다시 살려주신 만큼 이제부터는 더 의미 있고 열심히 살아야겠다고 결심했다. 나는 그 순간, 나 자신에게 질문을 던졌다.

'나는 진정으로 어떤 삶을 살고 싶은가?'

이 꿈은 단순한 환상이 아니었다. 나의 내면 깊숙한 곳에서 일어나는 갈망과 두려움을 직면하게 해 주는 절호의 기회였다. 캡슐 안에 들어간 사람들은 각자 자신의 이야기를 가지고 있었고, 그들의 눈빛 속에서 나는 나의 이야기를 발견했다. 이 꿈을 통해 나는 변화를 두려워하지 않고, 오히려 그 변화를 받아들이며 나의 삶을 새롭게 창조해야 한다는 깨달음을 얻었다. 마치 캡슐이 새로운 세계로 나를 안내하듯, 나는 내 존재의 의미를 찾기 위해 더 깊은 탐구를 시작하고 싶어졌다. 이 경험은 나에게 잊을 수 없는 감정의 파동을 남겼고, 앞으로의 삶에서 끊임없이 나를 성찰하고 성장하게 만드는 뿌리가 되었다.

사실, 쓰러지기 전에는 죽음에 대해 깊이 생각해 본 적이 없었다. 사후세계에 대해서도 막연히 '죽으면, 나는 천국 가겠지.' 정도로만 대수롭지 않게 여겼다. 하지만 캡슐 안에서 내 지난 과오를 심판받는 장면을 직접 목격하고 나니, 그런 사후세계가 실제로 있다고 믿게 되었다. 나는 이 꿈을 통해 얻은 교훈을 잊지 않기로 했다. 꿈에서의 경험은 '나에게 무엇인가를 알려주고자 했던 것일까?' 아니면 그저 '무언가를 상징하는 것일까?', 혹은 '내가 진짜 사후세계 그 어딘가를 다녀온 것일까?'라는 질문을 던지게 했다. 나는 사후세계와 삶의 의미에 대해 더 깊이 고민하게 되었다. 그동안 나는 죽음을 단순히 삶의 종착지로 여겼지만, 이제는 그 이상의 것, 삶이 지닌 깊은 의미와 사후세계의 실재에 대해 생각하게 되었다.

그리고 내 삶에서 뇌출혈 후의 여정을 돌아보았다. 죽

음에 대해 생각해 보지 않았던 나는, 이제 삶의 의미와 사후세계에 대해 더 다양하고 깊은 질문을 하게 되었다. 이 꿈은 나에게 수많은 질문과 새로운 삶의 방향을 제시했다. 살아온 날보다 살아갈 날이 더 많은 젊음 속에서 이 꿈을 통해 전달받은 메시지는 분명했다. 삶의 의미를 다시 한번 되새기며, 하느님께서 주신 이 두 번째 기회를 통해 더 나은 사람이 되기 위해 노력해야 한다는 것이다. 나는 더욱 강한 믿음과 함께 내 삶을 하느님께서 원하시는 방향으로 이끌어가려고 했다. 내가 겪은 이 모든 일들이 나에게 주어진 시련이었다면, 이제는 그 시련을 통해 얻은 교훈으로 살아가야 할 시간이다. 우리가 이 세상에서 겪는 모든 경험과 일상에서의 작은 시련들조차도 우리가 영혼으로서 성장할 기회이고, 수많은 경험은 우리를 더욱 강하고 성숙하게 만들며, 우리의 삶에 깊은 의미를 부여한다.

특히 가장 불행한 순간들조차도 우리의 영혼을 성장시키는 중요한 과정이라는 것이다. 나의 뇌출혈과 그로 인한 시련은 단지 육체적 고통에 그치는 것이 아니라, 이 꿈을 통해 무엇을 배워야 할지를 계속 고민하게 했다. 이 꿈은 나의 삶에 대한 의미 있는 발견의 시작이 될 것이다. 우리는 모두 변화하는 존재이고 희망적인 무언가가 될 수 있다. 대단한 성공까지는 아니더라도 긍정적인 무언가를 갈망한다면, 그저 용기와 희망 정도만 가져보는 것은 어떨까?

이 꿈이 나에게 준 메시지는 명확하다. 다른 이들에게 더 넓은 사랑과 이해를 베풀라는 것이다. 나뿐만 아니라, 모든 사람이 각자의 시련과 고통을 겪고 있음을 이해하게 되었고, 나의 경험을 통해 누군가에게 조금의 위안과 희망을 줄 수 있다면, 그것이야말로 진정한 삶의 성공이라는 것을 깨달았다.

삶의 모든 날은 언제나 의미가 있으며, 우리는 그 의미를 찾아가는 긴 여정 속에 있다. 우리의 경험과 시련은 우리를 더욱 강하고 성숙하게 만들며, 사후세계에 대한 깊은 이해와 삶의 가치를 더욱 소중히 여기게 한다. 이렇게 우리는 살아가는 동안 긍정적인 마음으로 변화를 받아들이고, 삶의 진정한 의미를 찾아가는 여정을 계속할 수 있다. 이 과정에서 마주하는 모든 경험은 우리를 더욱 성장하게 하고, 깊은 성찰의 기회를 제공한다.

이 꿈은 절대 잊히지 않을 특별한 순간이었으며, 나의 삶에 대한 깊숙한 통찰과 변화의 시작을 의미한다. 그 꿈에서 나는 나 자신과 마주하며, 내 마음의 소리를 들었고, 세상의 복잡함 속에서 잃어버린 나를 다시 찾은 듯한 기분이었다. 이 여정은 단순한 변화가 아닌, 나의 존재를 다시금 깨닫게 해 주는 소중한 경험이었다. 긍정적인 마음으로 변화를 수용하는 것은 쉽지 않지만, 그 과정에서 느끼는 감정들은 나의 삶을 더욱 풍요롭게 만들어 줄 것이다.

하루하루가 새로운 시작임을 깨닫고, 그 시작이 나를 어디로 이끌어 줄지 기대하게 된다. 결국, 이 꿈은 나에게 삶의 의미를 새롭게 정의하는 계기가 되었고, 앞으로의 모든 순간이 더욱 소중하게 느껴졌다. 나는 이 여정을 통해 더 나은 나로 거듭나기를 희망하며, 긍정의 힘으로 가득 찬 삶을 살아갈 것이다.

5

≈≈≈

더 멋지게 후회하고,
실패하기 위해서 쫄지 마라!

의식을 잃고 무의식의 세계에 빠져 있던 15일 동안, 나는 내가 처한 상황을 전혀 인지할 수 없었다. 몸은 점점 무거워지고, 의식은 점점 희미해져 가는 가운데, 나는 그저 끝없는 심연의 어둠 속으로 빠져들었다. 그 어둠은 나를 휘감았고, 나는 모든 감각이 사라진 채로 고립된 느낌이었다. 하지만 그 어두운 시간 동안에도 내 가족들은 결코 희망을 잃지 않았다. 그들은 내가 다시 깨어날 것이라고 믿었으며, 나를 위해 매일 기도하고 내가 깨어나기만을 손꼽아 기다렸다.

가족의 끊임없는 사랑과 지지는 나를 다시 일으켜 세우는 원동력이 되었다. 그들은 그 캄캄한 어둠 속에서도 희망의 불씨를 밝혀주며, 다시 돌아올 나를 기다리고 있었다. 나의 상황을 듣고 달려온 친구들, 오랜 시간 연락하지 못했던 이들까지 모두가 한마음으로 나를 향해 기도하고 응원의 메시지를 보내주었다. 그들의 목소리와 마음이 내 안에 스며들며, 나를 다시 일으킬 수 있는 거대한 힘이 되었다.

넌 다시 일어날 것 같아.
넌 강한 아이니까.

너처럼 이쁘고 착한 친구가
갑자기 쓰러졌다고 해서 많이 놀랐어.
빨리 일어나. 기도할게.

널 위해 기도하는 사람 많으니까 힘내.

어서 안 일어나고 뭐 해!
서영아, 빨리 일어나자!

이런 메시지들은 마치 컴컴한 어둠 속에서 누군가가 나를 향해 손을 내미는 구원의 빛처럼 느껴졌다. 친구들의 따뜻한 마음과 사랑이 가득 담긴 글들은 내 마음 깊숙한 곳에 작은 희망의 불꽃을 피워주었고, 그 불꽃이 점점 커지면서 나는 다시 일어설 수 있는 용기를 얻었다.

그리고 마침내, 나는 그 긴 꿈에서 깨어났다. 주변의

소음과 사람들의 목소리가 점차 선명해지면서, 나는 다시 이 세상에 존재하고 있음을 느꼈다. 눈을 뜨자마자 가족과 친구들이 나를 둘러싸 눈물과 웃음이 뒤섞인 상태로 나를 맞이해 주었다. 그들의 얼굴에는 안도와 사랑이 가득했고, 나는 그 순간 내가 얼마나 많은 사랑을 받고 있었는지 깨달았다. 그들의 사랑과 기도, 그리고 굳건한 믿음이 나를 다시 이 세상으로 끌어낸 것이다. 나는 사람들의 사랑과 관심 속에서 내가 얼마나 행복한 존재인지를 다시 한번 깨닫게 되었다.

'나를 이렇게 걱정해 주고 기다리는 사람이 많다니, 난 정말 많은 사람들에게 사랑받는 행복한 사람이야!'

오히려 그들의 사랑을 통해 내 존재의 가치와 사랑받는 기쁨을 느낄 수 있었다. 이 경험은 나에게 삶의 의미와 사랑의 힘을 깨닫게 해 주었다. 나는 그 사랑을 바탕으로 어떠한 시련도 극복할 힘을 얻었다. 이제 나는 사랑으로 가득 찬 이 세상에서 그 사랑을 최대한 되돌려주며 살아갈 것이다.

친구들로부터 받은 위로의 메시지를 읽으며, 나는 그들에게 충분한 관심과 애정을 보여주었는지, 되돌아보게 되었다.

나는 그들에게 제대로 된 관심을 기울이지 못했다는 생각으로 반성하게 되었다. 이제는 지내온 시간 동안 소원해진 친구들에게도 관심을 기울이고, 안부를 묻는 것이 얼마나 중요한지를 깨달았다. 다행히 그 시기에 내게 위로가 되었던 모든 친구의 메시지와 댓글을 모두 보관하고 있어서, 그들에게 감사의 마음을 전할 수 있다. 이제 나는 그들에게 진심 어린 안부와 감사의 메시지를 보내며, 성실하지 못했던 관계를 다시 회복하려고 한다.

뇌출혈을 겪으면서 얻게 된 교훈 중 하나는, 그동안 내 삶이 '적당히'와 '열심히'라는 말로 충분히 요약될 수 있었다는 사실이다. 모든 것을 할 수 있는 두 팔과 다리가 있었음에도 나는 정말로 최선을 다하지 않았던 것 같다. 항상 '적당히'만 하려고 했고, 삶에서 더 많은 것을 얻을 기회를 스스로 포기했었다. 이 경험을 통해 나는 삶이 늘 예기치 못한 변화를 가져올 수 있다는 것을 알게 되었다. 우리가 그 변화를 받아들이지 않고 고수하기만 한다면, 그것은 오히려 우리를 더 큰 좌절과 실패로 이끌 수 있다. 그 변화를 받아들이고, 그것을 삶의 일부로 여기며 전진하는 것이 우리가 직면할 수 있는 어떤 상황에서도 긍정적인 결과로 이어질 수 있다.

갑작스러운 뇌출혈로 인해 겪어야 했던 고통과 시련 속에서도, 나를 사랑해 주는 사람들 덕분에 내 자존감은 절대 흔들리지 않았다. 내 자존감이 낮아지지 않았던 이유는 많은 사람들이 주는 사랑을 제대로 흡수했기 때문일 것이다. 이제 나는 그 사랑을 바탕으로 더욱 소중한 삶을 살고, 나 또한 주변 사람들에게 그 사랑을 되돌려주며 살아갈 것이다. 어느 드라마에서 나문희 배우가 한 말이 나에게 깊은 울림을 주었다.

> 사는 건 후회와 실패의 반복이다.
> 그러니 더 멋지게 후회하고
> 실패하기 위해서라도 쫄지 마라.

이 말을 듣고 나서, 나는 쓰러지기 전에 지내온 20년을 돌아보며, 후회와 반성의 시간을 가졌다. 나는 먹고 싶은 것이 있어도 '재수생 주제에 먹고 싶은 것을 다 먹고, 하고 싶은 것을 다 하는 것은 사치다.'라는 망상에 사로잡혀 부모님께 손도 벌리지 않고, 최소한의 용돈으로 스무 살의 대부분을 보냈다. 되돌아보니, 나는 내 꿈과 욕구를 억누르며 지나쳤던 시간이 너무나도 아쉬웠다. 뇌출혈이라는 큰 시련을 겪으며, 나는 인생에 대한 새로운 마음가짐을 갖게 되었다.

'어차피 사람 일은 모르는 것이니,

내가 하고 싶은 것을 하고, 먹고 싶은 것을 먹고,

좋아하는 사람과 시간을 보내자.'

　그때부터 이 생각이 나의 삶을 이끌어가는 원동력이 되었다. 이러한 변화는 나를 더 긍정적이고 활기찬 사람으로 만들어 주었다. 이제 나는 새로운 마음가짐으로 삶에 임하려고 한다. '적당히'가 아닌, 내가 가진 모든 것을 다해 최선을 다하며 살고 싶다. 뇌출혈을 겪고 나서야 비로소 내가 삶을 너무 당연하게 여겼다는 것을 깨달았고, 이제부터라도 모든 순간을 소중히 여기며 살고 싶다.

　또한, 타인에 대한 이해와 연민의 중요성도 깨닫게 되었다. 모두가 각자의 싸움을 하고 있으며, 우리가 볼 수 없는 곳에서 저마다 힘든 싸움을 이어가고 있다는 사실을 이해하게 되었다. 그래서 앞으로는 다른 사람들의 어려움에 더 깊이 공감하고, 내가 할 수 있는 한 그들에게 도움이 되고 싶다. 내가 겪은 뇌출혈이라는 시련은 결국 나에게 삶을 보는 새로운 시각을 제공했다. 이제 나는 더 강하고, 더 이해심 많으며, 더 긍정적인 사람이 되기 위해 노력할 것이다. 모든 경험은 교훈이 되고, 그 교훈을 통해 나는 더 나은 사람으로 성장할 수 있다.

　스무 살이라는 빛나야 할 창창한 시기에 뇌를 다치는

것은 분명히 큰 시련이었다. 그 과정에서 나는 일시적으로 나의 정체성을 잃어버렸고, 자존감도 크게 흔들렸다. 하지만, 이 불행한 경험은 나에게 새로운 시각을 열어주었고, 어떠한 상황에서도 행복할 수 있는 희망의 빛을 선물해 주었다. 그 빛을 따라 일어선 나는 내 안에 강인함이 자라고 있음을 느꼈다.

두 번째 삶을 살게 되면서 시련과 도전이 닥쳐와도 나는 쉽게 희망을 잃지 않을 것이다. 이는 내 주변에 있는 사람들의 사랑과 지지 덕분이고, 어떤 상황에서도 행복을 느낄 수 있다는 확신 때문이다. 나는 이제 삶의 모든 순간을 더 깊이 인지하고 소중히 여기게 되었다. 우리가 예상치 못한 순간들을 하나하나 감사하게 받아들일 때, 그 순간들은 우리를 더 나은 방향으로 이끌어 준다는 것을 깨달았다. 이것은 단순히 살아남은 것 이상의 의미를 가지며, 삶의 모든 순간을 더욱 가치 있고 의미 있게 만들어 준다.

뇌출혈을 겪은 후, 더 이상 삶을 당연한 것으로 여기지 않게 되었다. 오히려 매 순간을 더욱 열정적으로 사랑하며 살아가게 되었다. 이제 나는 삶의 어떤 어려움이 오더라도 견뎌낼 수 있는 의지가 있고, 더 밝고 긍정적인 미래를 향해 나아갈 준비가 되어 있다. 내 삶의 모든 경험은 나를 더 성숙하고, 더 강하며, 더 희망적인 사람으로 만들어 줄 소중한 자산이 되었다.

6

이제 모든 시술은
끝났습니다

내가 진단받은 '뇌동정맥기형 cerebral arteriovenous malformation'은 비교적 드문 질환으로 외국의 연구에 따르면 인구의 약 0.01~0.1%에서 발견된다고 한다. 이는 뇌동맥이 비정상적으로 팽창하는 상태를 말하며, 주로 동맥벽의 약화나 이상으로 인해 발생한다. 팽창한 혈관은 충격이나 혈압 상승 시 파열될 위험이 있어, 심각한 출혈을 유발할 수 있다. 이러한 기형 혈관이 파열되어 뇌출혈을 경험하고 난 후, 나는 삶의 새로운 현실을 마주하게 되었다.

갑작스럽게 오른쪽 팔과 다리에 힘이 들어가지 않게 되었고, 혼자서는 걷기조차 힘든 상태가 되었다. 어깨에는 시큰거리는 통증이 지속적으로 느껴졌고, 내 몸의 변화는 마치 내 의지와 상관없이 진행되는 듯했다. 모든 변화를 신속하게 받아들이며, 나는 새로운 삶의 방향을 모색하기 시작했다. 편안하고 평범했던 예전의 일상은 이제 더 이상 존재하지 않았다. 하지만 이는 내 삶을 다시 한번 깊이 성찰하고, 어떻게 하면 이 새로운 현실 속에서도 의미 있는 삶을 살아갈 수 있을지 고민하게 했다. 뇌출혈 이후의 삶은 많은 도전과 어려움을 내포하고 있었지만, 동시에 내 안에 숨겨진 강인함과 회복력을 발견하는 계기가 되었다. 나는 내 인생을 최대한 활용하겠다고 다짐했다.

재활병원으로 이동하기 전에 나는 대학병원에서 두 가지 중요한 시술을 받기로 결정했다. '뇌혈관 내 코일 색전술'과 '감마나이프 치료'라는 시술이 그것이었다. 이 두 방법은 머리를 직접 개방하지 않고도 내 상태를 치료할 방법이었고, 전통적인 개두술(두개골 절개술 Craniotomy)보다 재발 위험이 적다고 알려져 있었다. 머리를 열지 않고 치료를 받을 수 있다는 사실에 큰 안도감을 느꼈지만, 동시에 내 마음속에는 긴장과 두려움이 공존했다. 병원에서 머리를 개방해 수술을 받은 이들의 흉측하게 움푹 파인 머리와 바느질 자국이 남은 모습을 보는 것은 도저히 받아들이기 어려운 현실이었다.

'뇌혈관 내 코일 색전술'과 '감마나이프 치료'를 받은 후에 나는 그토록 공포스러웠던 중환자실에서 다시 하루를 보내야만 했다. 깊은 잠을 자고 일어난 뒤, '뇌혈관 내 코일 색전술'이 이미 성공적으로 마무리되었음을 알게 되었을 때, 그 기쁨은 이루 말할 수 없었다. 중환자실을 떠나 일반 병실로 옮겨질 때의 안도감과 기쁨은 마치 새로운 삶을 구원받은 듯한 느낌이었다. 몇 주가 지나고 '감마나이프 시술' 또한 성공적으로 완료되었다는 소식을 들었을 때, 나의 마음속에는 새로운 희망의 불꽃이 피어올랐다.

"이제 모든 시술이 끝났습니다!"

담당 의사의 한마디 말은 나에게 큰 위안과 희망을 주었다. 그 순간, 나는 더 강해진 것을 느꼈고, 내가 겪어야 했던 시련을 극복할 수 있다는 확신이 생겼다. 이제 나는 새로운 시작을 준비하며, 이 경험을 통해 얻은 교훈과 희망을 바탕으로 이제부터 나아갈 준비가 되었다. 나의 여정은 계속되며, 이제 나는 더 밝은 미래를 향해 한 걸음씩 나아갈 것이다.

재활이라는 새로운 여정이 나를 기다리고 있었다. 예전의 삶에 한 걸음 더 다가설 수 있다는 희망을 품고, 나는 재활병원으로의 길을 가볍게 걸었다. 재활 전문 병원에서 생활은 시작되었고, 비록 대학병원보다는 환경이 나았지만, 여전히 도전이 기다리고 있었다. 보호자의 상주가 필요했던 탓에 6인실을 12명이 함께 사용하는 상황은 생각보다 쉽지 않았다. 병실 내 공간이 협소하다 보니, 서로 다른 배경과 사연을 가진 환자들과의 공존은 때때로 긴장감을 낳았다. 나는 나도 모르게 '제발 중환자실에서만 벗어나게 해 줘.'라고 했던 기도에서 '빨리 퇴원하고 싶어. 다시는 여기에 머물지 않게 해 줘.'라는 바람으로 마음이 바뀌어 있었다.

재활병원에서의 생활 속에서 나는 비교적 상태가 좋은 편에 속했다. 언어 장애 없이 말할 수 있었고, 비록 완벽하진 않지만, 걸을 수 있는 능력을 온전히 잃지 않았다. 이런 이유로 주변에 있는 환자들이 나를 보면서 부러워했다.

"(같은 방 할머니가 나의 위아래를 훑어보며) 아이고, 벌써 다 나았네! 이제 퇴원 해도 되겠어."

"(두 손을 내저으며) 아니에요. 저도 아직은 더 노력해야 해요."

이런 대화는 나에게 복잡한 감정을 안겨주었다. 나는 자신을 다른 환자들과 비교하는 것이 아니라, 뇌출혈 전의 내 자신과 비교하고 있었기 때문이다. 때때로 나의 답변이 그들에게 자랑처럼 들릴까 봐 걱정스럽기도 했다.

병원 생활 동안에 불편한 순간들도 있었다. 특히, 밤에 시끄럽게 행동하는 한 환자의 보호자와 문제가 발생한 적이 있었다. 그 보호자는 평균 남성보다 큰 체구를 가진 사람으로, 몸에 열이 많은지 추운 밤에도 창문을 활짝 열어놓았다. 찬바람에 감기라도 걸릴까 봐, 내 어머니가 창문을 닫자, 그 보호자가 어머니에게 위협적인 태도를 보이기도 했다. 그 순간의 긴장감은 내 마음속에 불안의 씨앗을 심었다.

반면에 치료사 선생님들과의 관계는 대체로 긍정적이었다. 어떤 날은 젊은 치료사 선생님과 함께 외출 신청을 해서 떡볶이를 먹으러 가기도 했고, (그때의 맛있는 떡볶이는 내게 행복을 안겨다 주었다) 다양한 치료사 선생님들을 만났지만, 모두 나의 회복을 진심으로 바라며, 응원과 치료를 아끼지 않았다. 병원 생활 속에서도 소중한 인간관계를 발견하고, 더 나은 내일을 향해 전진할 동기를 찾을 수 있었다. 비록 어려움과 도전이 있었지만, 그 과정에서 나를 지지해 주고, 응원해 주는 사람들 덕분에 희망을 잃지 않고, 재활에 전념할 수 있었다.

길고도 긴 2년의 재활병원 생활이 마침내 끝났다. 이제 재활 운동은 외래로 전환되어 지속될 것이다. 오랜 시간 동안 병원 생활을 이어오다 보니, '퇴원'이라는 단어가 오히려 낯설게 느껴졌다. 병원이라는 공간이 나의 일상이 되어 있었기 때문에, 그곳을 떠난다는 것은 마치 한 편의 연극에서 무대 뒤로 퇴장하는 것처럼 느껴졌다. 하지만 이제 나는 병원의 보호 아래에서 벗어나 스스로 삶을 꾸려나가야 할 시간이었다. 스무 살 이전의 나처럼, 혹은 그보다 더 강해진 나로서 스스로 다독이며 앞으로 나아가야 한다. 이번 경험을 통해 나는 어떤 상황에서도 자신을 잃지 않고, 더 나은 내일을 위해 계속 전진할 힘을 얻었다. 병원 생활을 끝내고, 세상으로 다시 발을 내딛는 순간, 나는 새로운 시작을 맞이할 것이다. 이 시간을 통해 인내와 용기를 배웠으며, 이제는 더 밝은 미래를 향해 한 걸음씩 나아갈 준비가 되어 있다.

비록 장애가 생겼음에도 불구하고, 나는 그 한계 안에서 계속해서 가능성을 탐색하고 있다. 배우고 싶은 것이 있으면 주저하지 않고 배우며, 새로운 지식과 경험을 통해 앞으로 나아가고 있다. 세상에는 다양한 삶의 방식이 존재한다. 부와 명품에 둘러싸여도 외로움을 느끼는 이들이 있는가 하면 경제적으로 부족함에도 일상 속 작은 행복을 찾아가는 이들도 있다. 이러한 차이는 각자의 현실을 어떻게 인정하고 받아들이느냐에 따라 달라진다. 나도 처음엔 세상 밖으로 다시 나간다는 것이 두려웠지만, 점차 내 상황을 받아들이며 가능한 것들을 찾아 실행에 옮기고 있다.

이제 나는 이 시련을 나만의 방식으로 극복하고자 한다. 건강한 생활 습관을 유지하고, 재활 치료에 전념하며, 내가 할 수 있는 일에 집중하기로 했다. 무엇보다 나를 지지해 주는 사랑하는 가족과 친구들의 존재가 나에게 큰 힘이 되어 준다. 그들과 함께 소중한 시간을 보내며, 작은 성취와 기쁨을 찾아가는 것이 나의 삶을 더욱 풍부하게 만들어 줄 것이다. 매일 아침 일어나면 새로운 가능성을 만날 수 있다는 생각으로 가슴이 뛰고, 그 속에서 희망의 씨앗이 자라나는 것을 느낀다. 이 모든 경험은 나에게 소중한 자산이 되었고, 앞으로의 삶에서 더욱 깊이 있게 나를 성장시킬 것이다.

'앞길이 만만치 않아도 엄살은 뒤로, 내 선택이야 늘 그랬듯이 쉬울 확률은 zero. 남은 거 탈탈 털어 줄게. 모두 행운을 빌어.' 아이유의 『홀씨』라는 노래의 가사를 떠올리며, 나는 화려한 꽃이 되기보다는 자유로운 홀씨로 세상을 향해 날아가고 싶다고 생각했다. 구속받지 않고, 새로운 경험을 통해 세상과 부딪히며 살아가고자 하는 마음이 내 안에서 꿈틀대고 있다.

이런 긍정적인 마음가짐이 나를 더욱 빛나게 해 주는 힘이 된다는 것을 몸소 느껴왔다. 거울 속의 나를 바라보면 수많은 경험들이 떠오른다. 실패와 좌절, 그리고 그 속에서 얻은 교훈들은 나를 더욱 단단하게 만들었다. 마치 강한 바람에 흔들리면서도 뿌리를 깊게 내리며 자라는 나무처럼, 나는 어려움 속에서 잘 견디어 더욱 성장할 수 있었다.

나는 이제 내게 어떤 일이 생기든지, 그것이 '나'의 일이란 사실을 깊이 깨달았다. 이러한 '나'의 경험들은 나를 더욱 단단하게 만들어 주었고, 그 덕분에 나는 두려움 없이 세상에 나아갈 준비가 되어 있다. 매일매일 작은 도전을 통해 나를 발견하고, 그 과정에서 나는 더욱 나다운 모습으로 피어날 것이다. 자유로운 홀씨가 되어, 세상의 다양한 풍경들과 마주하며 나의 꿈을 향해 날아갈 것이다. 그 안에서 느끼는 감정들과 경험들은 나를 더욱 풍요롭게 만들어 줄 것이고, 나는 그 모든 순간을 소중히 여기며 살아가고 싶다.

7

나는 무조건 다음 신호를
기다리는 사람이 되었어

    느림은 여러 가지 의미를 지니고 있다. 병원 생활과 재활 과정은 분명 쉽지 않은 여정이었다. 하지만, 이 여정은 나에게 귀중한 교훈과 성장의 기회를 줬다. 재활이라는 힘든 과정에서 나는 인내와 강인함 그리고 자기 이해라는 가치 있는 것들을 배울 수 있었다. 병원에서의 긴 시간 동안 친구들보다 사회 진출이 늦어지면서 내 걸음걸이도 그만큼 느려졌다. 평범한 대학 생활을 즐기는 친구들을 바라보며 부러움이 스며들곤 했다. 갑작스러운 병으로 인해 조금 뒤처지게 되었지만, 나는 스스로 다짐했다.

'나는 단지 조금 느릴 뿐이야.

의지만 있다면 충분히 따라잡을 수 있어.'

이런 생각은 나에게 위안이 되었다. 나는 이 상황을 단지 일시적인 어려움으로 받아들였다. 뒤처진다는 생각에서 오는 걱정은 피할 수 없는 감정이다. 걱정은 우리 삶에서 자주 마주치는 동반자처럼 느껴지며, 때로는 그 무게로 인해 스트레스를 받고 불안을 느끼기도 한다. 그러나 중요한 것은 걱정이 우리 내면에서 발생한다는 사실을 인정하는 것이다. 이는 걱정을 관리하고 통제하는 힘이 궁극적으로 우리 자신에게 있다는 것을 의미한다. 이러한 인식은 내가 내 감정을 더 잘 이해하고 관리할 수 있게 도와주었다.

결국, 내면의 평화를 찾고 불안과 스트레스를 줄이며 보다 긍정적인 방향으로 나아가는 열쇠는 내 태도와 반응에 달려 있다는 것을 깨닫는 것이다. 이런 경험은 인생의 여정에서 때로는 느리게 가는 것이 더 의미 있을 수 있음을 일깨워 주었다. 느림은 단순히 시간의 문제가 아니라, 인생을 깊이 있게 경험하고 성장하는 과정이란 사실을 알게 되었다. 걱정의 씨앗이 내 마음속에서 자라나는 것을 인정하는 순간, 그 걱정을 긍정적인 에너지로 전환할 기회가 열린다. 나는 이제 걱정을 단순히 부정적인 감정으로 치부하지 않고, 그것을 관리하고 조절하는 방법을 배우게 되었다.

느림의 여정 속에서 나는 예상치 못한 교훈과 보물을 발견했다. 아픔을 겪고 난 후, 내 첫 사회생활은 대학교에서 시작되었고, 나는 4살 어린 후배들과 함께 학업을 이어가게 되었다. 어린 시절의 나는 결코 이런 상황을 예상하지 못했다. 특히 아픔을 안고 대학 생활을 시작하게 될 줄은 더더욱 몰랐다.

처음에는 새로운 환경에 적응할 수 있을지, 아픈 모습으로 친구를 만들 수 있을지 의문이 들었다. 나의 친구들은 모두 과거, 즉 아픔 이전의 인연으로 한정될 것이라 여겼다. 그러나 대학에서 만난 동생들은 이러한 내 예상을 모두 뛰어넘는 내 인생에 귀중한 인연으로 자리 잡았다. 그들과의 만남은 나에게 깊은 우정과 새로운 시작을 알렸다. 어린 후배들과의 대학 생활은 나에게 새로운 교훈을 주었다. 나이나 상황에 구애받지 않고 의미 있는 인연을 만날 수 있다는 것을 일깨워 주었다. 이들은 나의 삶에 새로운 색을 더해주었고, 나를 더욱 풍부하고 깊은 사람으로 만들어 주었다.

또한, 어떤 상황에 부닥쳐 있더라도 항상 새로운 기회와 가능성이 있다는 것을 보여주었다. 대학 생활의 시작이 늦었다 할지라도, 그 안에서 얻은 깨달음과 성장 그리고 무엇보다도 소중한 인연은 시간을 초월하는 가치를 지닌다. 이 모든 경험을 통해 나는 느림이라는 개념을 새롭게 이해하게 되었다.

때로는 삶이 우리에게 느린 길을 걷게 할 수도 있지만, 그 길에서 우리는 예상치 못한 교훈과 보물을 찾을 수 있다. 그렇기에 나는 이제 느림을 긍정적인 여정으로 받아들이며, 그 안에서 발견하는 모든 것을 소중히 여길 것이다. 느림 속에서 피어나는 나의 성장과 변화를, 나는 매일매일 감사한 마음으로 바라볼 것이다.

나는 사람들과 마주칠 때마다, 그들의 시선이 자연스럽게 내 다리로 향하고, 내가 걷는 모습을 유심히 살펴보는 것을 느낀다. 그들이 내가 젊은 나이에 다리를 절며 걷는 모습을 본다면, 내 모습이 불쌍하고 안타깝다고 생각할까? '이렇게 초라해 보여서는 안 된다!' 이런 생각들이 뒤죽박죽 머릿속을 맴돌곤 했다. 이런 생각이 건강하지 않다는 것을 알면서도 걱정은 쉽게 사라지지 않았다. 그래서 나는 걱정을 완전히 없앨 수는 없다는 사실을 받아들이기로 했다. 대신, 이런 걱정과 생각들을 어떻게 정리하고 관리할지에 관해 고민하기 시작했다.

우선, 나의 다리를 향한 시선이나 사람들의 생각을 내가 통제할 수 없다는 사실을 인정하는 것에서 출발했다. 오직 내 생각과 감정, 행동에만 초점을 맞춰 내면과 마음가짐을 긍정적으로 유지하려고 노력했다. 나 자신을 비난

하거나 안타까워하는 대신, 나의 강인함과 회복력에 주목하기로 했다. 그 과정에서 나는 내 몸의 불완전함 속에서도 나의 의지와 열정을 발견했다.

과거에는 신호등 횡단보도에서 주황 불이 켜지면, 급한 성격 탓에 바로 달려 건너는 것이 일상이었다. 하지만 지금은 그럴 수 없게 되었고, 이는 나에게 새로운 조심성과 인내를 가르쳐주었다. 이제 나는 무조건 다음 신호를 기다리며, 초록 불 신호 동안에도 건널 수 있을지 걱정하는 사람이 되었다. 이런 변화는 나를 더 조심스럽게 그리고 느림의 대표자로 만들었다. 느림은 결코 무력함이나 열등함을 의미하지 않는다. 그것은 오히려 신중함과 조화를 추구하는 과정이다. 때로는 느리게 걷는 것이 삶을 더 깊이 있고 의미 있게 만들어 줄 수 있음을 기억해야 한다. 그 과정에서 우리는 더 많은 것을 관찰하고, 더 깊이 느끼며, 더 소중한 관계를 맺을 수 있다.

사실, 우리가 생각하는 것보다 주변 사람들은 남에게 큰 관심을 기울이지 않는다. 그러니 자신만의 속도로 천천히, 하지만 꾸준히 전진하면 된다. 사회는 끊임없는 경쟁과 속도를 강요하지만, 때로는 천천히 걷는 것이 오히려 더 현명한 선택일 수 있다. 조금 느리게 가더라도, 그 여정 속에서 발견하는 삶의 소중한 순간들과 교훈들이 우리에게 진정한 의미와 가치를 부여한다.

그러니, 우리의 걸음이 다소 느릴지라도, 그 길을 즐기며 걷는 것이 중요하다. 이 길이 우리에게 어떤 멋진 보상을 줄지를 기대하며, 매 순간 소중히 여기며 나아가자. 우리 각자의 여정은 우리만의 독특하고 특별한 이야기를 만들어 가는 과정이니까. 그런 의미에서, 느림은 나에게 새로운 시각과 깊이를 선사해 주었고, 나는 이제 그 여정을 자랑스럽게 이어가고 있다.

또한, 나는 다른 사람들에게 감동을 주고, 영감을 줄 수 있는 능력이 있다는 것을 깨달았다. 나의 이야기와 경험을 공유함으로써, 누군가가 자신의 어려움을 극복하는 데 도움을 줄 수 있을 거라는 생각이 나를 더욱 힘이 나게 했다. 이것이 바로 내가 가진 강점이자, 나를 특별하게 만드는 요소이다. 걱정과 불안을 긍정적인 방향으로 전환하려는 노력은 내면의 평화를 찾고, 자신감을 구축하며, 삶의 질을 향상하는 데 크게 기여할 수 있다. 나는 내 삶의 주인공이며, 나의 이야기를 통해 세상에 긍정적인 영향을 끼칠 수 있다고 믿는다.

8

~~~

힘내!

의식 없이 누워 있던 15일 동안과 그 이후 깨어나 보낸 시간 동안, 나는 메시지와 페이스북을 통해 친구들로부터 많은 위로와 걱정의 문자들을 받았다. 처음에는 주변 사람들의 따뜻한 관심과 애정이 차가운 내 가슴을 감싸주는 듯한 따스한 느낌이 들었다. 그들의 메시지는 마치 차가운 겨울바람 속에서 내게 따뜻한 담요를 덮어주는 것처럼, 내 마음을 한층 안도하게 했다. 그러나 시간이 지나면서, 위로와 걱정이 점점 부담스러워지기 시작했다.

> 몸은 좀 어때?

> 이제 걷는 건 좀 어때?

> SNS를 보니까, 네가 다 나은 줄 알았어.

그들의 말이, 그들의 진심 어린 관심과 배려에서 비롯된 것임을 알고 있지만, 이제는 더 이상 그런 종류의 질문을 듣고 싶지 않았다. 나도 나의 아픔을 잘 알고 있었고, 그 문제를 다시 들춰내고 싶지는 않았다.

'나를 볼 때마다 안쓰러운 생각만 드는 걸까?'

이런 생각이 들 때면 나는, 사람들의 관심과 위로가 때로는 이중적인 감정을 유발한다는 것을 깨달았다. 친구들의 걱정과 위로는 초기에는 회복의 길에서 큰 힘이 되었지만, 시간이 흐르면서 내 삶의 모든 측면이 그들의 연민의 대상으로 변해가는 것 같은 느낌을 받기 시작했다. 마치 내가 그들의 동정심을 소비하는 대상이 된 듯한 기분마저 들었다. 이는 나로 하여금 일상으로의 복귀가 아닌, 지속적인 환자 역할에 갇힌 듯한 느낌을 주었다.

가끔 만나는 친구들보다 동네에서 자주 보는 사람들과의 시간이 더 편안하게 느껴졌다. 그들은 나의 건강 상태에 관해 더 이상 묻지 않았기 때문이다. 그들과의 대화는 자연스러웠고, 나의 마음을 아프게 하지 않는 일상의 소소한 이야기들로 가득 차 있었다.

'몸은 좀 어때?'라는 말과 마찬가지로 '힘내.'라는 말도 자주 듣게 되었다. '힘내.'라는 말이 갖는 의미는 다양할 수 있지만, 때로는 그 말이 의도와 달리 무거운 짐처럼 느껴질 때가 있다. 내가 힘내야 한다는 압박감이 느껴지면서, 그 말속에 담긴 응원이 나를 더욱 힘들게 만드는 것 같았다. 힘내라는 말이 내 마음의 부담을 덜어주기보다는, 오히려 그 기대에 부응해야 한다는 강박으로 다가왔다.

　이런 복잡한 감정 속에서 나는 나 자신을 되찾기 위한 새로운 방법을 모색하기 시작했다. 나의 아픔을 이야기하는 것이 아니라, 나의 일상과 소소한 기쁨을 나누고 싶었다. 나는 나의 이야기가 다른 사람들에게도 위로가 될 수 있기를 바라며, 조금씩 나의 삶을 되찾아가고 싶었다. 이렇게 나의 감정과 생각을 정리해 가며, 나는 다시 한번 나 자신을 발견해 나가고 있었다.

　어떤 예능에서 '하하'라는 연예인이 공익근무를 마치고 돌아온 후, 프로그램에서 멤버들이 하하에게 계속 '힘내.' 라고 말하는 장면은 많은 사람들에게 웃음을 주었지만, 본인에게는 그 말이 다르게 다가왔을 것이다. 시청자들까지 그를 만나면 '하하 씨, 힘내세요!'라며 위로의 말을 건넸고, 그럴 때마다 그가 해골바가지 이모티콘을 보내는 모습은 웃음을 자아냈지만, 지금 생각해 보면 그의 속마음은 복잡했을 것이다. 그 당시 그의 반응은 같은 말이라도 상황에 따라, 그리고 누가 하느냐에 따라 다르게 느껴질 수 있다는 것을 잘 보여주었다.

이러한 경험은 나에게도 깊이 적용된다. 뇌출혈로 쓰러지기 이전에는 '힘내.'라는 말을 그렇게 자주 듣지 않았다. 그러나 이제는 나를 볼 때마다 '몸은 좀 어때?'라고 묻는 친구들이 많아졌고, 그 질문이 점점 부담스러워졌다. 그들의 질문이 나를 생각하는 마음에서 비롯된 것임을 알고 있지만, 나는 더 이상 나의 몸 상태에 관해 이야기하고 싶지 않았다. 이미 나는 그 시기를 지나, 스스로 힘을 내며 나아가고 있기 때문이다. 어느 날, 다짜고짜 '힘내.'라는 말을 하는 친구에게 나는 그 말이 오히려 부담된다는 것을 솔직히 털어놓았다.

"내가 아프기 전엔 네가 나에게 '힘내'라는 말을 한 번도 안 했던 거 알아? 그런데 내가 아프고 나서부터 네가 나를 볼 때마다 '힘내.'라고 하면, 마치 나를 친구가 아닌 환자로만 보는 것 같아서 너를 만나려면 망설여지더라고. 이제 그 말은 좀 생략해 줬으면 좋겠어. 예전처럼 우리 평범한 일상 얘기를 하자. 친구랑은 그런 대화를 하고 싶어."

친구는 내 말을 곧바로 이해하고, 그동안 자신의 말로 상처받았다면 미안하다고 사과했다. 시간이 흐르면서 친구들은 언젠가부터 '힘내.'라는 말을 하지 않게 되었다. '힘내.'라는 말을 더 이상 하지 않는 것은 내가 이미 많은 것을 스스로 해내고 있다는 것을 의미할 수 있다. 본인보다 어려운 상황에서 묵묵히 힘내고 견뎌내고 있다는 것은 자기 자신에게서 힘을 발견하고 있다는 것을 말한다. 이제 나는 '힘내.'라는 말 대신, 나를 격려하고 인정하는 말을 듣고 싶다.

힘든 상황에 놓여 있는 친구에게 위로의 말보다 '너 정말 멋있다.' 혹은 '너 정말 대단하다.'와 같은 말을 건네는 것은 어떨까? 나의 경험상, 이러한 격려와 인정의 말은 나를 긍정적으로 바라보게 하며, 내가 겪은 어려움을 극복하고자 하는 내 노력을 진정으로 인정받는 느낌을 준다. 이는 나를 더욱 강하게 만들고, 앞으로 나아갈 수 있는 밑거름이 되어 준다.

결국, 우리가 서로에게 필요한 것은 이해와 존중이다. 상대의 상황을 이해하려 노력하고, 그들이 필요로 하는 것이 무엇인지를 고려하는 것이 중요하다. 우리의 말 한마디가 타인에게 어떤 영향을 미칠지 깊이 생각하며, 긍정적인 변화를 만들어낼 수 있는 말을 잘 선택해야 한다. 그렇기에 나는 이제 '힘내.'라는 말을 듣기보다는 나의 회복 과정과 개인적인 성장을 인정해 주는 말을 듣고 싶다. 이는 나의 여정을 더욱 가치 있게 만들어 줄 것이다.

우리가 나누는 말은 단순한 언어 이상의 의미를 지닌다. 그것은 누군가의 마음을 따뜻하게 하거나, 반대로 아프게 할 수 있는 힘을 가지고 있다. 그러므로 서로를 격려하고 지지하는 방법을 고민하며, 진정한 우정의 의미를 되새기는 것이 중요하다고 느낀다.

또한, 나는 친구들과의 관계에서 새로운 경계를 설정하는 법을 배웠다. 나의 건강 상태에 관한 질문이 줄어들자, 대화는 훨씬 더 다양하고 풍부해졌다. 우리는 서로의 일상과 꿈, 취미에 관해 이야기하며, 그 속에서 서로를 더 깊이 이해할 수 있는 기회를 가지게 되었다. 이는 내가 친구들과의 관계에서 더 균형을 찾고, 나 자신을 단지 아픈 사람이 아닌, 여러 면모를 가진 개인으로서 재발견하는 계기가 되었다.

사람들의 위로와 관심이 때로는 복잡한 감정을 불러일으킬 수 있음을 나는 이해하게 되었고, 그들이 나를 걱정하는 마음에서 우러나온 질문들이었지만, 그 말들이 내게는 때때로 부담으로 다가올 수 있다는 것을 깨달았다. 그러나 이 모든 과정을 통해, 나는 더 넓은 시야로 나와 주변 사람들을 바라볼 수 있게 되었다.

이제 나는 나의 회복 과정을 더욱 주체적으로 이끌고, 나의 이야기를 나만의 방식으로 풀어나갈 힘을 얻었다. 이 과정에서 나는 다른 사람들에게도 중요한 교훈을 전달하고 싶다. 모든 사람이 자신만의 속도로 회복하고 성장한다는 것, 그리고 때로는 '힘내'라는 말보다 그저 함께 웃고 일상의 소소한 이야기를 나누는 것이 더 큰 위로가 될 수 있다는 사실이다. 결국, 우리는 모두 서로에게 영향을 주며, 이러한 연결을 통해 서로를 지지하고 강화할 수 있다.

나의 경험은 뇌출혈이라는 어려움을 통해 얻은 깨달음이지만, 이러한 교훈은 모든 종류의 도전과 어려움에 직면한 사람들에게 적용될 수 있다. 우리 각자는 자신만의 방식으로, 자신만의 속도로 전진하며, 이 과정에서 서로를 어떻게 지지할 수 있는지를 배우게 될 것이다.

위로가 필요한 순간들은 종종 예상치 못한 시기에 찾아온다. 갑자기 과거의 아픈 기억이 떠오르거나, 혹은 앞으로 나아가야 할 길이 불확실해 보일 때, 나는 그럴 때마다 내가 겪고 있는 감정들을 숨기지 않고 솔직하게 표현해 줄 수 있는 사람들의 존재가 얼마나 중요한지 깨닫는다. 그들은 내가 스스로 내 삶을 더 깊게 이해하도록 돕는다. 이런 의미에서 내가 다른 사람들에게 전하고 싶은 교훈 중 하나는, 우리는 모두 서로에게 위로와 지지의 원천이 될 수 있다는 것이다.

때로는 우리가 어떤 큰 일을 해 주거나 문제를 해결해 주지 않더라도, 단순히 옆에 있어 주고 경청하는 것만으로도 큰 의미가 될 수 있다. 우리의 소소한 관심과 이해가 타인에게 큰 위로가 될 수 있으며, 이는 우리가 서로 더 연결되고, 더 강해질 수 있는 토대를 마련해준다. 그래서 나는,

위로가 필요한 순간에는 강요된 긍정성이나 격려의 말보다, 진정한 공감과 함께하는 침묵의 가치를 높이 사게 되었다.

이것은 나의 회복 여정을 통해 얻은 중요한 교훈이며, 내가 다른 이들과의 교류에서 지향하는 바다. 우리 각자의 삶에는 도전과 어려움이 끊임없이 존재하지만, 우리가 서로에게 보여주는 작은 배려와 이해는 그 여정을 더욱 풍부하고 의미 있는 것으로 만들어 줄 것이다.

이제 나는 친구들과의 대화에서 웃음과 따뜻한 이야기를 나누며, 그들 속에서 나의 존재가 단순한 아픔의 상징이 아닌, 함께 성장하고 나아가는 동반자로 자리 잡기를 바란다. 친구들과의 소중한 순간들을 통해, 나는 더 깊은 연대감을 느끼고, 함께하는 여정의 소중함을 다시금 깨닫게 된다. 이러한 경험들은 나의 회복을 더욱 풍요롭게 하고, 나를 더 나은 방향으로 이끌어 준다.

Part
2

설렘

세상이 나를 속일지라도
나는 나아가리라

9

꼭 다시 아름답게
걷고 싶어요

거울 앞에 서는 것은 내게는 여전히 큰 도전이었다. 한 때 익숙했던 내 모습이 이제는 낯설게 느껴지기 때문이다. 풍성했던 긴 머리카락이 모두 사라지고, 곧게 걷지 못하는 내 모습을 마주하는 것은 상상조차 하기 힘든 일이었다. 사람들은 저마다 기피하는 것이 있다. 내가 기피하는 것은 '전신 거울 앞에 서기'이다. 더 정확히 말하자면, '전신 거울 앞에서 걸어보기'이다.

전신 거울 앞에서 서서 거울 속의 나와 눈이 마주치면, 눈시울이 촉촉해지며 과거의 기억이 불현듯이 떠오른다. 아름답던 긴 머리를 찰랑거리며 자신감이 넘치던 모습이 이제는 모두 변해버린 것 같아 속상하고 마음이 아프다.

하지만 현실을 직시하는 것의 중요성을 알고 있기에 나는 내 모습을 있는 그대로 받아들이려 애쓰고 있다.

거울 앞에서 걷고, 그 과정을 동영상으로 기록하기 시작했다. 처음에는 떨리는 마음과 불안한 시선으로 시작했지만, 점차 그 과정에서 내 모습이 과거와 달라졌음을 인정하게 되었다. 이 변화는 단순히 외모의 차이를 넘어서, 내게 일어난 많은 변화를 상징한다. 그 변화들은 때로는 힘들고, 때로는 두렵고, 때로는 슬프지만, 이제는 그것이 내 현실임을 받아들이기로 했다. 내 몸과 마음이 상처받은 과거를 극복하기 위해 나아가고 있다는 사실을 깨달았다.

일반적으로 사람들은 걷는 동안 허벅지부터 무릎, 그리고 발목까지 뇌에서 보내는 신호에 따라 자연스럽게 움직인다. 하지만 그 과정을 잊어버린 나의 뇌는 골반을 들어 올리고 발목이 제대로 착지하지 않아, 다리를 비틀며 걷게 만든다. 무릎이 과하게 뻗어 나가지 않도록 주의하면서 걷다 보면, 절뚝거리는 걸음이 되어 버린다.

'제아무리 긍정적으로 생각한다고 해도,
정말로 상황이 바뀔 수 있을까?
다시 곧게 걸을 수 있게 될까?'

과연 노력만으로 상황을 바꿀 수 있을지에 대한 회의

감이 스멀스멀 올라오기도 한다. 하지만 이런 부정적인 생각들 속에서도 나는 작은 변화와 진전을 위해 계속해서 노력할 것이다. 매일 거울 앞에 서서 나의 걸음을 기록하며, 조금씩 나아지는 모습을 바라보는 것이 나의 필연적 여정이다. 이 과정이 힘들고 고통스러울지라도, 나는 그 속에서 나 자신을 다시 발견하고, 나를 더욱 강하게 만들어 줄 것이라는 믿음을 갖고 있다.

나는 이제 거울 앞에서의 걸음이 단순한 걷기가 아니라, 나의 회복과 성장의 상징임을 깨달았다. 매 순간의 작은 변화들이 모여 큰 변화를 만들어낼 것이라는 희망을 품고, 나는 앞으로 나아갈 것이다. 내 안의 힘과 용기를 믿으며, 다시 일어설 수 있다는 가능성을 놓지 않겠다.

언젠가 잠시 입원했던 병원에서 나에게 지팡이를 짚고 걷는 것을 권했다. 내심, 나는 지팡이 없이 걷고 싶은 마음이 컸기에, 이 제안이 과연 옳은 것인지 의심이 들었다. 처음 재활을 시작했던 병원에서는 나의 젊음을 이유로 되도록 지팡이를 사용하지 말라고 조언했다. 그들은 자세가 틀어질 수 있고, 걷는 모습이 아름답지 않을 수 있다고 경고했다. 무엇보다, 지팡이에 의존하게 되면 계속해서 의지하게 될 위험이 있다고 했다.

"(걱정스러운 표정으로) 지팡이를 짚고 걸으면 자세가 틀어지지 않나요?"

설렘 : 세상이 나를 속일지라도 나는 나아가리라

"틀어져도 걷기에는 더 수월할 거예요. 빨리 걸으려면 지팡이를 쓰세요."

"…….(아니요! 저는 꼭 다시 아름답게 걷고 싶어요!)"

나는 단순히 빨리 걷고 싶은 것이 아니라, 정상적으로 보행하고 싶은 마음이 더 컸다. 이에 대해 엄마와 상의한 끝에, 나는 그 병원을 떠나기로 했다. 나는 꼭 다시 아름답게 걷고 싶었다. 그러나 '꼭', '반드시'와 같은 단어를 항상 마음속에 두면, 우리의 몸과 마음에 부정적인 영향을 미칠 수 있다는 것을 깨달았다. 이런 생각이 나도 모르게 찾아오면, 예민해지고, 불안해지며, 작은 걱정도 급속도로 커지는 것을 경험했었다. 그럴수록 내 안의 불안은 더 커져만 갔고, 나의 재활은 점점 더 무겁게 느껴졌다. 때때로 우리는 너무 서두르며, 모든 것이 우리가 원하는 대로, 우리가 계획한 시간 안에 꼭 이루어지길 바란다.

'조급해 하지 마라. 늦게 피는 꽃도 있는 기라.' 드라마 『모래에도 꽃이 핀다』에서 백두의 아빠가 아들에게 한 말이다. 20살의 나이에 뇌출혈로 쓰러져 재활의 길을 걷고 있는 나로서는, 이 말이 주는 메시지가 바로 내가 필요로 했던 것이었다. 이 대사는 조급함을 버리고, 자신을 이해하며, 삶의 여정 속에서 부딪히는 어려움과 좌절에도 불구하고 희망을 잃지 않아야 한다는 깊은 교훈을 내게 주었다. 그래서 나는 더 이상 '꼭 또는 반드시 예쁘게 걸어야 한다.'라는 부담을 느끼지 않기로 했다. 대신, 나만의 속도로, 나만의 방식대로 차근차근 나아가기로 결심했다.

조급해하지 않고, 천천히 하지만 확실히, 내 길을 걷기로 한 것이다. 이 결심은 나에게 새로운 평온함을 가져다주었고, 재활 과정에서의 작은 진전들도 더욱 의미 있게 느껴지게 했다. 나는 이제 더 이상 외부의 기대나 시간의 압박에 휘둘리지 않고, 내 리듬을 따라가며, 각자 다른 시기에 피어나는 꽃들처럼, 나만의 시간에 맞춰 피어나고자 한다.

내가 걸어가는 이 길은 결코, 쉽지 않겠지만, 그 속에서 내가 느낄 수 있는 작은 행복과 성취감은 나를 더욱 강하게 만들어 줄 것이다. 매일 조금씩 나아가는 내 모습을 바라보며, 나는 다시 한번 내 안의 힘을 믿기로 했다. 그리고 그렇게 한 걸음, 한 걸음 내딛는 순간마다 나는 나 자신을 더욱 사랑하게 될 것이다.

설렘 : 세상이 나를 속일지라도 나는 나아가리라

10

너무 빨리 철이 들어서
마음이 아파

뇌출혈로 쓰러진 지 1년이 지났지만, 나의 삶은 그 사건 이전과 크게 달라지진 않았다고 생각했다. 아픔을 겪은 후, 나는 예전과 같이 자연스럽게 걷고자 하는 목표에 한시도 게을리하지 않았다. 이는 단순히 걷고 싶다는 욕망이 아니라, 삶에 대한 강렬한 의지의 표현이었다. 과거에는 별다른 생각 없이도 자연스럽게 움직였던 근육들이 이제는 마치 내 몸이 아닌 것처럼 느껴졌다. 뇌가 움직임의 기억을 잃어버린 듯 각 근육을 어떻게 움직여야 할지 일일이 생각해야 했다. 이 과정은 쉽지 않았지만, 재활병원에서의 특별한 경험이 나에게 새로운 희망을 선사했다.

그곳에서 나는 세계적으로 유명한 재활 전문가 영국

의 메리 선생님의 직접적인 치료를 받게 되었다. 메리 선생님의 방문은 많은 환자에게 큰 기대와 희망을 주었으며, 그중에도 나만이 선택되어 이 특별한 치료를 받게 된 것은 마치 로또에 당첨된 것 같은 엄청난 기분이었다. 나뿐만 아니라 나를 담당하던 물리치료사 선생님도 메리 선생님과 함께 치료하는 과정에서 많은 것을 배우며 기뻐하셨다.

메리 선생님의 2시간에 걸친 치료는 이전에 내가 받아왔던 치료와는 명확한 차이를 보여주었다. 오른쪽 다리가 무거워 걷기 어려웠던 나는, 치료 후 몸이 가벼워지고 골반부터 발목까지 자연스러운 움직임을 되찾았다. 한 발 한 발 땅을 디딜 때마다 그 느낌이 명확히 전해졌고, 오른발과 왼발이 교차하며 구르듯 움직였다. 골반도 부드럽게 움직여 모든 움직임이 자연스러웠다. 내 몸과 근육에 대해 더 깊이 이해하게 되었고, 어떻게 하면 더 개선할 수 있을지에 대한 깨달음을 주었다. 이런 기회가 나에게 온 것을 너무나도 감사하게 생각한다. 나의 재활 여정에 있어 중요한 전환점이 되었으며, 앞으로 나아갈 길에 큰 동기부여가 되었다.

당시의 일기장에는 메리 선생님과의 치료를 받게 된 것이 나에게 주어진 특별한 선물로 여겼던 생각들이 가득 차 있었다. 항상 긍정적인 마음가짐으로 하루하루를 살아가려 노력한 끝에, 이러한 기회가 나에게 찾아온 것이라고 믿었다. 메리 선생님과의 시간은 잠시나마 예전의 몸과 감각으로 돌아간 듯한 행복한 착각을 주었으며, 몸이 가벼워지는 신기했던 경험이었다.

병원 생활 동안 기억에 남는 몇몇 치료사들과의 만남은 내 삶에 깊은 의미를 더해주었다.

"서영 씨가 너무 빨리 철이 들어서 마음이 아파. 스무 살에 겪어야 할 일들이 아니어서 그런지, 서영 씨가 하는 말이나 생각하는 것이 또래보다 훨씬 성숙해. 그래서 더 마음이 아파."

안 선생님의 말씀을 듣기 전까지, '성숙하다.'라는 표현은 언제나 칭찬으로 여겨졌다. 하지만 그 순간, 그 말은 더 이상 단순한 칭찬으로 들리지 않았다. 대신, 어린 나이에 너무 많은 것을 경험하고 너무 빨리 성장해야 했던 내 상황을 되돌아보게 했다. 그 말속에 담긴 안타까움과 동정은 내 가슴 깊이 들어와 마음에 닿았고, 나는 한동안 마음 한쪽이 아팠다. 그러나 곧 나는 내 생각을 바꾸기로 결심했다. 힘들고 어려운 시기를 겪으면서도 나는 대단한 성숙함을 발휘했으며, 앞으로도 그럴 것이라는 믿음을 키워갔다.

매일 일어나는 작은 진전들이 모여 점차 나를 강하게 만들어 주었고, 이제는 그 경험들을 발판 삼아 더욱 밝고 희망찬 미래를 향해 나아간다. 내가 겪은 모든 시련은 나를 더욱 성숙하고 강인하게 만들었으며, 나는 자부심을 느끼고, 나 자신에게 깊은 존경을 표하고 싶다. 나는 스스로에게 말한다.

'나는 정말로 멋진 사람이다.'

이 긍정적인 변화는 나를 더욱 단단하게 만들었고, 어떤 어려움도 극복할 힘을 내게 주었다. 이제 '성숙하다.'라는 말은 나에게 단순한 칭찬을 넘어 내가 겪은 모든 시련을 통해 얻은 귀중한 성장의 증거가 되었다. 내가 이룬 성숙함은 나 자신에게 깊은 경의를 표하는 이유이며 앞으로 나아가는 데 있어 나의 든든한 기반이 될 것이다. 이는 나에게 또 다른 성찰의 기회를 제공했고, 그 어려운 시간을 통해 얻은 교훈과 경험을 소중히 여기게 했다.

나는 앞으로도 긍정적인 시각으로 용기를 가지고 내 삶을 살아갈 것이다. 그 과정에서 나는 나 자신을 더욱 사랑하고, 나의 이야기를 소중히 여길 것이다. 모든 시련이 나를 더욱 빛나게 하리라는 믿음을 가지고, 매일 새로운 시작으로 맞이할 준비가 되어 있다.

11

≈≈≈

해 보기 전에는
절대 알 수 없는 것들이 있어

　'로또 당첨은 마음먹기 나름'이라는 우스갯말도 있지만, 현실적으로 불가능에 가까운 현실이다. 또한 행운을 어떻게 인식하고 활용하느냐에 따라 그 의미가 달라진다. 로또에 당첨되는 것은 운의 일부분이지만, 당첨 이후 그 운을 어떻게 활용하느냐가 훨씬 더 중요하다. 로또 당첨이 모든 문제를 해결해 주지는 않는다는 사실을 반드시 인식해야 한다.

　돈은 인생에서 중요한 요소이지만, 그 자체로 행복을 보장하지 않는다. 당첨금으로 인생의 새로운 장을 열고자 한다면, 그 변화를 지속적으로 관리하고 발전시키기 위한 명확한 계획과 실행 전략이 필요하다. 따라서 로또 당첨을 단순히 재정적 이익으로만 보지 말아야 한다. 행운을 활용하는 방식에 따라 로또 당첨은 삶에 깊은 영향을 미칠 수 있다.

의식을 잃고 15일 동안 어둠 속에서 헤매다가 다시 현실의 삶으로 돌아온 나의 경험은 사람들에 의해 때때로 '로또 당첨'에 비유된다. 죽음의 문턱을 넘나들며 사후세계와 같은 경험을 한 나에게, 이는 어쩌면 진정한 로또 당첨보다도 더 큰 가치를 지닐지도 모른다. 그 15일 간의 시련은 나에게 두 번째 삶의 기회를 주었고, 이는 내가 인생에서 가장 소중히 여겨야 할 것이 무엇인지에 대한 깊은 고찰과 깨달음을 안겨주었다. 그 어둡고 고독한 시간 동안의 체험은 단순한 로또 당첨을 뛰어넘어 삶을 새롭게 조명할 수 있는 소중한 선물이었다.

이 경험을 통해 얻은 새로운 삶에 대한 이해는 나를 더 나은 미래로 나아가게 하는 결정적인 계기가 되었다. 아프기 전에 평범했던 나는 우리가 세상에서 차지하는 자리의 가치와 중요성을 잘 몰랐다. 하지만 이제 나는 우리가 세상에서 얼마나 중요한 역할을 하고 있는지, 그리고 그것을 인식하는 것이 얼마나 중요한지를 깨달았다. 삶을 대하는 나의 태도가 변화하였으며, 더욱더 긍정적이고 의미 있는 방향으로 나아가기 위한 동기부여가 되었다.

이제 나는 하루하루가 얼마나 소중한지를 깊이 느끼

며, 작은 것에도 항상 감사하는 마음을 가지게 되었다. 나의 경험은 나에게 두 번째 기회를 주었고, 나는 그 기회를 헛되이 하지 않기 위해 노력하고 있다. 로또 당첨보다 소중한 삶을 누리며, 나의 이야기를 주변과 나누고, 더 나아가 세상에 긍정적인 영향을 미치고자 한다. 삶의 진정한 의미를 찾는 여정은 계속될 것이며, 나는 그 길을 걸어가며 하루하루를 감사히 여기고 싶다.

오른쪽 몸이 마비되었음에도 말을 그대로 할 수 있다는 사실에 깊이 감사함을 느낀다. 옆 침대에 누워 있는 환자는 언어 기능 장애로 인해 자기 생각을 온전히 표현하지 못하고, 그분의 답답한 표정은 볼 때마다 나의 마음을 아프게 했다. 그분의 속상함을 보고 반추하며 '왜 나만 이런 장애를 겪어야 하나?'라는 생각보다는 '걸음이 불편해졌지만, 이를 통해 세상을 좀 더 여유롭게 바라볼 기회가 생겼고, 말할 수 있는 능력이 여전히 남아 있다는 것만으로도 큰 행복이다.'라고 마음속으로 다짐하게 된다.

그 어둡고 긴 터널을 헤치고 나아가면서, 나는 인생에서 중요한 두 가지 진리를 깨달았다. 첫 번째는,

'해 보기 전에는 절대로 알 수 없는 것들이 있다.'

여러 상황이 처음에는 불가능해 보이거나 상상조차 할

수 없는 장애물로 가득 차 있을 수 있다. 하지만 실제로 도전해 보기 전까지는 그 가능성을 알 수 없다. 오랜 재활과 회복의 과정을 겪으며, 나는 이전에는 꿈꾸지도 못했던 일들을 해낼 수 있다는 것을 온몸으로 체험했다.

재활 치료를 받을 때마다 매일 아침 거울 앞에서 내 몸과 대화하는 듯한 기분이 든다. 작은 변화가 느껴질 때마다 마치 새로운 생명이 움트는 듯한 희망이 솟아오른다. 한 걸음씩, 비록 불완전하더라도 내 발이 땅에 닿을 때마다, 그 순간이 얼마나 소중한지 깨닫게 된다. 그 과정에서 나의 의지와 노력은 나를 한 걸음 더 앞으로 나아가게 했고, 매일 하는 도전이 나를 더욱 강하게 만들어 주었다.

이러한 경험은 나에게 단순한 재활을 넘어, 삶의 깊은 통찰을 주었다. '해 보기 전에는 절대로 알 수 없는 것들이 있다.'라는 이 진리는 앞으로의 삶에서도 나를 지탱해 줄 중요한 원칙이 될 것이다. 각자의 시련이 다 다르다는 것을 깨달았고, 나는 그 속에서 나만의 길을 찾게 되었다. 이 모든 과정은 나에게 삶의 소중함과 그 안에서 느낄 수 있는 작은 기쁨들을 다시금 일깨워 주었다.

두 번째 진리는

'사람은 무엇이든 할 수 있다.'

이는 단순한 격려의 말이 아니라, 내가 직접 겪으며 깨달은 진리이다. 어려움과 시련 속에서도 인간의 의지와 끈기, 그리고 무엇보다 긍정적인 사고는 우리가 생각하는 것 이상의 것을 이루어낼 수 있음을 보여준다. 이 두 가지 교훈은 내 삶의 새로운 장을 여는 데 있어 가장 강력한 동력이 되었고, 나의 인생을 변화시킨 소중한 선물이 되었다.

예를 들어, 재활 치료를 받던 어느 날, 나는 처음으로 혼자서 휠체어를 조작해 복도를 따라 나아갈 수 있었다. 그 순간, 내 마음에서 터져 나오는 감정은 말로 표현하기 어려울 정도로 벅찼다. 매일매일의 작은 도전들이 모여 나를 한 걸음 더 나아가게 했고, 그 과정에서 느꼈던 성취감은 내 삶의 원동력이 되었다. 이러한 경험은 나에게 '사람은 무엇이든 할 수 있다.'라는 믿음을 더욱 굳건히 심어주었다.

로또 당첨은 운에 따른 것이지만, 그 이후의 선택이 그 운의 의미를 결정한다는 생각은 내가 매일을 살아가는 데 큰 힘이 된다. 우리는 행운을 통해 얻은 기회를 최대한 활용하고, 이를 우리 삶의 긍정적인 부분으로 전환하는 방법을 찾아야 한다. 이 과정에서 진정한 행복과 만족을 찾는 것이 목표가 되어야 한다.

이러한 관점에서 볼 때, 나의 상황은 '로또 당첨'과도 같다. 사후세계를 경험하고 돌아온 후, 두 번째 삶의 기회를 결코 헛되이 하고 싶지 않았다. 매일 아침 눈을 뜨고 새로운 하루를 맞이할 때마다, 그 자체가 얼마나 큰 축복인지 깨닫는다. 이 새로운 시작에 감사함을 느끼며, 앞으로 더욱 용기를 내어 살아가려고 한다.

이 경험을 통해 얻은 교훈과 감사함은 내 삶을 더욱 풍요롭게 만들어 줄 것이고, 그 자체가 진정한 로또 당첨이 될 것이다. 내게 주어진 두 번째 기회를 소중히 여기며, 매 순간을 의미 있게 만들어가고자 한다. 나는 삶의 모든 순간을 최대한 활용하고, 내가 가진 것들을 소중히 여기며 살아갈 것이다. 이렇게 매일의 작은 기적들을 발견하고, 그 속에서 행복을 찾는 과정이 나에게는 가장 큰 선물이다. 내가 느끼는 감사와 사랑은 삶의 모든 순간을 더욱 빛나게 해 준다.

12

고마워, 서영아.
네 덕분에 많은 위안이 되었어

내 삶을 지탱해 준 것 중 하나는, 뇌출혈로 쓰러지기 전과 마찬가지로 나를 평범한 사람으로 대해준 주변 사람들의 존재였다. 병원에서의 시간이 힘들었던 이유 중 하나는, 그곳에서 나는 단지 '환자'로만 취급받았기 때문이다. 하얀 벽과 차가운 의료 기계들 속에서 나는 나 자신을 잃어버린 듯한, 영혼이 빠져버린 듯한 기분이 들었다. 그러나 병원을 벗어나면서부터 다시 사회의 평범한 구성원 중 하나로 돌아갈 수 있었다. 그 자유로움이 나에게는 큰 위안이 되었다.

이러한 변화는 친구들과의 관계에서도 마찬가지였다. 내가 장애를 가지게 되었음에도 그들은 나를 배척하지도

거리를 두지도 않았다. 오히려, 우리는 예전처럼 함께 시간을 보내며 평범한 일상을 공유했다. 예전처럼 웃고 떠들며 함께했던 카페에서의 대화, 공원에서의 산책, 그리고 작은 소소한 일상들이 나에게는 소중한 순간이었다. 그들의 존재는 나에게 '나는 여전히 나'라는 사실을 일깨워 주었다.

물론, 그들의 섬세한 배려가 느껴지는 순간들도 있었다. 때때로 그들이 나의 상황을 염두에 두고 사소한 일들을 조심스럽게 챙겨주는 모습은 나에게 깊은 감동을 주었다. 그러한 배려는 나를 약하게 만들지 않았다. 오히려 그들은 내 상황을 이해하고 존중하는 태도를 보여주었고, 그 덕분에 나는 더 큰 힘을 얻었다. 나를 단순히 '환자'나 '장애인'으로 보지 않고, 뇌출혈 이전의 '나'와 같은 일반적인 인간으로 대해준 사람들 덕분에, 나는 어려움을 극복하고 전진할 수 있는 용기를 얻었다. 그들의 지지와 배려는 나에게 큰 위안과 격려가 되었고, 이는 내 삶에서 매우 소중한 선물이 되었다. 나는 진실한 우정과 사랑이 무엇인지를 더 깊이 이해하게 되었고, 이를 바탕으로 내 마음은 더욱 강해질 수 있었다.

어느 날, 나의 고등학교 시절을 기억하며 병원까지 수소문해서 찾아온 후배가 있었다. 그의 얼굴을 처음 봤을 때, '이 사람 어디서 많이 본 것 같은데, 도대체 왜 여기에?'

하는 생각이 들었다. 그러나 그가 따뜻한 미소를 지으며 나에게 다가왔을 때, 내 마음속에 묵직한 감정이 느닷없이 솟구쳤다.

"(나를 감싸는 듯한 따스한 목소리로) 누나, 안녕하세요. 저, 누나 응원하러 왔어요. 저 기억 나세요?"

"(당황한 표정으로) 어, 안녕. 얼굴은 기억나는데 이름이 생각나지 않네."

나는 그의 눈빛에서 애틋한 마음을 느꼈고, 그 순간 내 마음속에 따뜻한 감정이 퍼져 나갔다. 그의 예고 없는 방문은 내가 혼자가 아니라는 사실을 다시 한번 깨닫게 해 주었다. 그 따뜻한 존재는 나에게 큰 힘과 지지를 주었고, 나는 그와의 대화 속에서 다시금 나 자신을 찾을 수 있었다. 이렇게 우리 사이의 첫 대화가 이루어졌다. 그 후배와는 별다른 교류가 없었기에 오히려 나는 마음 편히 내 고민을 이야기할 수 있었다. 학교 수업이 끝난 후에도 가끔 시간을 내어 병원을 방문해 주는 그의 모습은 나에게 큰 고마움으로 다가왔다. 그 후배의 방문은 내게 희망의 불씨와도 같았다. 삶의 도전과 어려움 속에서도 내가 다시 일어설 힘을 실어주었다. 그의 관심과 응원은 내게 큰 용기를 주었으며, 힘겨운 재활 과정을 더욱 힘차게 이어 나갈 원동력이 되었다. 그의 따스한 말 한마디와 진심 가득한 눈빛은 내 삶의 의미였고, 행운이었다. 무엇보다 중요한 것은 내가 지금 겪고 있는 어려움을 긍정적으로 바라볼 수 있는 태도를 갖게 되었다는 것이다.

누구나 자신만의 고민과 어려움을 가지고 있다. 꼭 신체적인 아픔이 있어야만 힘든 것은 아니다. 사람마다 겪고 있는 상황이 다르므로 내 주변의 친구들 역시 각자 자신만의 고민을 안고 살아간다. 나 역시 처음에는 친구들이 나누는 이야기를 듣고, 그들의 고민이 내가 겪고 있는 상황에 비해 사소하게 느껴져 제대로 공감해 주지 못했던 적이 있었다.

'그것이 고민이라고?

그 정도면 오히려 부러운데.

내 상황에 비하면 그런 건 문제도 아니야.'

이런 생각을 가졌던 순간들이 있었지만, 이제 나는 깨달았다. 내가 처한 상황이 힘들다고 해서 다른 이의 고민이 하찮고 의미 없는 것은 아니라는 것을 말이다. 이러한 인식의 전환 덕분에 나는 친구들의 고민 상담에 더 진심으로 귀 기울이기 시작했다.

그들과의 대화 속에서 나는 나의 경험이 다른 이들에게도 도움이 될 수 있다는 것을 알았고, 그로 인해 더욱더 소중한 관계를 맺게 되었다. 서로의 이야기를 나누고, 이해하며 지지하는 과정은 나에게 큰 위안이 되었고, 나 또한 그들의 고민을 진지하게 받아들이며 함께 성장할 수 있었다. 이러한 경험들은 나에게 진정한 연대감을 느끼게 해 주었고, 우리는 서로의 아픔과 기쁨을 나누며 더 깊은 우정을 쌓아갔다.

나는 내가 처한 상황과 상관없이, 친구들이 고민하고 슬퍼할 때 곁에 있어야 한다는 것, 그리고 그들의 고민을 이해하고 공감할 줄 아는 것이 얼마나 중요한지를 깨닫게 되었다. 이제 나는 내 문제만을 중요시하지 않고, 친구들의 이야기를 경청하며 그들을 지지하는 것이 내 역할이라는 사실을 더 깊이 인식하게 되었다. 이러한 인식은 나에게 보다 넓은 시야를 제공했고, 무엇보다 친구들의 마음을 위로하는 것이 진정한 우정이라는 것을 깨닫게 하였다. 이는 친구들 사이에서 이루어지는 소중한 소통의 시작이며, 진정한 우정의 모습이라고 깨닫게 되었다. 친구가 내게 고마움을 표현하는 말은 나에게 큰 감동을 안겨 주었다.

"고마워, 서영아. 네 덕분에 많은 위안을 받았어. 넌 정말 멋진 사람이야!"

그녀의 따뜻한 목소리가 내 마음에 스며드는 순간, 나는 내가 친구에게 긍정적인 영향을 줄 수 있었다는 사실에 안도감을 느꼈다. 그 감정은 다시 내 가슴 깊은 곳에서부터 우러나오는 자부심으로 변했다. 무엇보다 이 순간을 통해 나는 나의 존재가 누군가에게 큰 힘이 될 수 있다는 것을 깨달았다. 그 깨달음은 나에게 큰 힘을 주었고, 앞으로도 친구들을 지지하고 돕는 데 더욱 힘쓰게 만드는 귀중한 교훈이 되었다.

그 후, 나는 친구들과의 대화를 통해 더욱 깊이 있는 관계를 맺게 되었다. 그들과 함께 나누는 작은 순간들이 내게는 큰 의미가 되었고, 서로의 아픔과 기쁨을 나누며 우리는 더욱 단단한 유대감을 형성해 갔다. 이 모든 과정에서 나는 진정한 친구가 되어가는 기쁨을 느끼며, 서로의 삶에 긍정적인 영향을 미치는 존재가 되고자 노력하게 되었다. 그들의 슬픔을 나누고, 기쁨을 함께함으로써 우리는 함께 성장해 나가고 있음을 느꼈다.

13

≋

그날이 다시 찾아오더라도
나는 두려움 없이
그것들을 받아들일 준비가 되어 있어

학창 시절, 나는 끊임없이 활기로 가득 찬 순간들을 보냈다. 축제와 장기 자랑을 그냥 지나치는 법이 없었고, '병점 아이유'라는 별명이 붙을 만큼 노래하는 것을 좋아했다. 그 활동성 덕분에 내 이름을 모르는 사람이 동네에 없을 정도였다. 하지만 세월이 흘러 내게 큰 변화가 찾아왔다. 예전의 활발했던 모습과는 많이 달라진 나를 두고 사람들의 반응이 어떨지 불안하기도 했다. 그래서 자신감이 흔들리기도 했다.

"어! 너, 배서영 아니야? (내려다보며) 너, 아직 걷는 게 불편한 거야? 인스타에서는 전혀 알 수 없었어."

"그래, 인스타에는 주로 서 있는 모습과 얼굴만 나오니까. 아무튼, 정말 오랜만이야. 반가워. 나는 아직도 재활 중이야."

"(놀라고 미안한 표정으로) 아, 그렇구나."

오랜만에 만난 친구들의 반응은 대체로 이러했다. 그들의 목소리에는 놀라움과 함께 궁금증이 섞여 있었다. 일부는 속마음에 질문을 품고, 다른 이들은 순수한 호기심으로 무심코 질문을 던졌다. 그 순간, 나는 나의 변화가 친구들에게도 새로운 이야기가 되고 있음을 느꼈다. 그러나 시간이 흐르면서, 변화가 자연스러운 것임을 깨닫게 되었다. 이러한 변화는 사실 삶의 자연스러운 일부임을 받아들이기 시작했다. 어릴 적의 무모하고 활발했던 내가 점점 변화하는 모습을 인지하면서도, 변화 속에서 자신감이 흔들릴 때도 있었다. 성장하고 변화하는 과정에서 주변 사람들의 반응에 대한 불안감은 여전히 나를 동반했지만, 나는 점차 그 불안을 극복하고 변화의 긍정적인 면을 바라보기 시작했다.

변화는 단지 개인 차원을 넘어, 주변 사람들에게도 깊은 영향을 미친다. 내 변화를 목격한 이들 중 일부는 놀라움을 감추지 못했다. 그러나 시간이 지나면서 변화는 두려움의 대상이 아니라, 새로운 가능성과 성장의 창이 되어야 한다는 것을 깨달았다. 이제 나는 두려움을 넘어, 자신감과 새로운 시작으로 가득 찬 미래를 향해 발걸음을 옮기고 있다.

변화는 결코 끝이 아닌 새로운 시작이며, 이 시작의 방향은 항상 나의 선택에 달렸다. 스스로 변화를 신뢰하며 전진하는 것이 중요하다. 변화는 과거의 자아와 현재의 자아를 연결하는 다리와도 같다. 이 다리를 통해 나는 새로운 나를 향해 나아가고 있으며, 그 과정에서 만나는 모든 순간이 나를 더욱 단단하게 만들어 준다. 변화의 길에서 나는 더 많은 가능성을 발견하고, 나의 이야기를 만들어가고 있다.

중요한 것은 변화를 경험하는 것이 단순히 자신만의 여정이 아니라는 점이다. 우리 주변의 사람들과의 관계 그리고 그 관계 속에서 우리가 어떻게 서로에게 영향을 주고받는지에 대한 깨달음을 얻는 것이다. 변화를 통해 우리는 서로를 더 깊이 이해하고 지지할 기회를 얻게 된다. 이러한 과정은 우리 모두에게 새로운 관점을 제공하며, 서로의 성장을 촉진 시킨다. 따라서 변화는 우리 삶에서 끊임없이 발생하는 것으로, 우리가 이를 어떻게 받아들이고 이에 어떻게 반응하는지가 우리의 성장을 결정한다. 변화 앞에서 자신감을 가지고 새로운 기회로서 이를 받아들이는 태도는 우리가 더 나은 미래로 나아갈 수 있도록 도와준다.

이 변화를 자연스러운 삶의 일부로 받아들이는 것이 중요하다. 어린 시절의 나와 현재의 나는 분명 다르지만,

두 모습 모두 나의 본질적인 부분을 이루고 있다. 예전의 활력을 되새기며, 나는 새로운 도전에 망설임 없이 뛰어들었다. 더는 자기 의심에 빠지지 않고, 변화와 성장을 통해 진정한 나를 발견하기 시작했다. 친구들과의 만남은 이제 어색함을 넘어 서로의 변화를 공유하며 더욱 깊은 유대감을 형성하는 계기가 되었다. 과거의 활동성과 현재의 성숙함은 서로를 보완하며, 나의 삶을 풍부하게 만드는 새로운 모습으로 이어진다.

변화를 두려워하지 않고, 그것을 순순히 받아들임으로써 우리는 성장할 수 있다. 예전의 나와 현재의 나 그리고 미래의 나 모두가 서로 연결되어 있으며, 이 모든 순간이 나를 더욱 단단한 사람으로 만든다. 변화의 길을 걸으며 나는 더 넓은 세상을 경험하고, 다양한 사람들과의 관계 속에서 더 깊은 이해와 연민을 배웠다. 이러한 변화를 통해 얻은 교훈과 경험은 내가 살아가는 이유를 더욱 또렷하게 만들어 준다. 삶이라는 긴 여정에 따뜻한 색을 입혀 준다.

"서영아, 넌 정말 대단해. 어떤 상황에서도 네가 보여주는 긍정의 힘이 나를 감동하게 해. 내가 겪었다면 좌절했을 순간들에서도 넌 늘 그 어려움을 이겨내. 정말 존경스러워."

친구의 목소리는 따뜻하고 진솔했다. 그의 말 한마디

한마디가 내 마음 깊은 곳에 잔잔한 파동을 일으켰다.

"너의 따뜻한 말이 정말 고마워. 내가 항상 긍정적으로 보이는 건 그저 내 겉모습일 뿐이야. 실제로 어려운 순간에는 나도 내면에서 큰 싸움을 벌이고 있어. 그럼에도 불구하고 나는 항상 긍정적인 생각을 유지하려고 노력하고 있어. 슬픔에 빠져 있기만 해서는 상황이 조금도 나아지지 않는다는 걸 알게 됐거든. 어떠한 상황에서도 희망을 잃지 않고 전진하는 것, 그게 내가 중요하게 생각하는 가치야."

내 목소리가 떨리지 않도록 애쓰며 말했지만, 내 안에 담겨 있던 감정이 고스란히 드러났다. 이러한 대화 속에서 우리는 서로의 마음을 나누며 변화의 여정을 함께 걷고 있다는 사실을 확인했다. 우리는 서로의 존재로 인해 더 나은 사람이 되어가고 있음을 느끼며, 그 과정이 얼마나 소중한지를 다시금 깨달았다. 변화는 결코 혼자서 이루어지는 것이 아니라, 서로를 지지하고 격려하는 관계 속에서 더욱 빛나는 법이다.

새롭게 직면하는 상황에 다시 적응하는 과정이 필요했다. 처음에는 기쁨과 안도로 가득 찼던 순간도 있었지만, 그 과정에서 가끔은 우울하고 힘든 날들이 많았다. 그런 날들을 무심하게 넘기기보다는 그것들을 이해하고 받아들이기 위해 애썼다. '기분이 나쁘다.', '우울하다.'와 같은 감정은 단순히 부정적인 감정이 아니라, 내 몸과 마음의 기가 정체되어 있다는 신호임을 깨달았다. 우울한 감정이 찾아오더라도 이제는 그것을 부정적인 것으로만 바라보지 않고, 스스로에게 친절하게 대할 수 있게 되었다. 어려운 순간들을 겪으면서 배운 것들을 토대로, 나는 더 강해지고 성장할 수 있었다. 지금은 우울한 날들이 더 이상 나를 괴롭히지 않는다고 자신 있게 말할 수 있다.

"그런 날들이 다시 찾아오더라도 나는 두려움 없이 그것들을 받아들일 준비가 되어 있어. 왜냐하면 그것들도 또 다른 성장의 기회가 될 것이기 때문이야. 이제는 더 나은 내일을 향해 당당하게 걸어갈 수 있거든."

내 마음속 깊은 곳에서 우러나온 이 말은 나의 변화를 상징하는 선언과도 같았다. 그 순간, 나는 더 이상 과거의 나에게 얽매이지 않고, 내 감정을 진정으로 이해하고 받아들일 힘을 가진 존재로 거듭난 것을 느꼈다.

이제는 우울한 날들이 찾아올 때마다 그것을 피하지 않고, 나 자신과 대화하며 그 감정의 뿌리를 탐구할 수 있다. 그렇게 내 감정을 소중히 여기며, 그 안에서 나를 더 깊이 이해하게 된다. 변화를 두려워하지 않고, 오히려 그것을 새로운 성장의 기회로 여기게 된 나는 과거의 상처를 품고 더 단단한 나로 나아가고 있다.

그 과정에서 나는 나를 지지하는 친구들과의 소중한 대화 속에서 희망을 발견하고, 서로의 경험을 나누며 더 깊은 유대감을 느낀다. 이러한 모든 경험은 나를 더욱 풍부하게 만들어 주고, 앞으로의 날들도 기대하게 만든다. 이제 나는 어떤 상황에서도 나 자신을 포기하지 않고, 나의 감정을 존중하며, 진정한 나를 찾아가는 여정을 계속할 것이다.

14

네가 보여준 긍정의 힘을 보며
나도 많은 것을 배웠어

내 삶은 항상 평범한 길로 가지 않았다. 주변 친구들이 20대 초반에 누리는 대학 생활의 전형적인 풍경, 즉 미팅이나 술자리에 참여하지 않았음에도 나는 그들을 부러워하거나 시샘하지는 않았다. 오히려, 나보다 나이가 많은 치료사들과의 일상적인 대화를 통해 또래보다 일찍 사회적인 관점이나 인생에 대한 깊은 통찰을 얻게 되었다. 이러한 인생 선배들과의 교류는 나에게 다양한 삶의 경험과 지혜를 주었고, 이는 일반적인 학교생활에서 배울 수 있는 것과는 차원이 다른 교육이었다.

만약 내가 그때 낮은 자존감에 사로잡혔다면, 현실을 부정하며 부정의 늪에 빠졌을 것이다. 그런 상태에서는 몸의 회복은커녕, 오히려 부정적인 정신 상태가 신체 건강마저 해치는 상황에 이르렀을 것이다. 하지만 나는 그렇지 않았다. 대화와 교류를 통해 얻은 긍정적인 인식과 강인한 마음가짐이 나를 지탱해 주었고, 심지어는 신체적인 회복에도 큰 도움을 주었다고 믿는다. 오랜만에 만난 친구들과의 재회는 여러 가지 생각을 하게 만들었다.

"(내 쪽을 바라보며) 서영아, 네가 보여준 긍정의 힘을 보며, 나도 많은 것을 배웠어."

"(커피잔을 내려놓으며) 정말? (눈물을 글썽이며) 고마워. 그렇게 말해줘서."

친구의 말에 내 심장은 감동으로 벅차올랐다. 친구들이 내게 이렇게까지 말해줄 줄은 몰랐다. 나는 그들에게 긍정적인 영향을 주었다는 사실에 놀라움을 감추지 못했다. 사실, 나는 별다른 대단한 일을 한 것 같지 않았다. 단지 내 삶의 어려움을 하나씩 극복하며, 그 과정에서 긍정적인 마음가짐을 유지하려고 노력했을 뿐이다. 하지만 이런 내 모습이 친구들에게 긍정적인 영향을 미친다는 사실을 알게 되자, 그것이 얼마나 소중하고 감사한 일인지 깊이 깨닫게 되었다.

때때로, 나는 내가 타인에게 미치는 영향력을 인지하지 못하는 순간들이 있다. 하지만 친구들의 말을 통해 내가 주변 사람들에게 어떠한 변화를 가져다줄 수 있는지를 다시 한번 생각하게 되었다. 나는 이제 모든 순간이 서로에게 큰 의미를 줄 수 있음을 더욱 확신하게 되었고, 이를 통해 우리의 삶이 더욱 풍부해질 수 있다고 생각한다. 친구들과의 대화 속에서 느꼈던 따뜻함과 연결의 감정은 나에게 새로운 힘을 주었고, 앞으로도 나는 이러한 긍정적인 에너지를 주변과 나누며 살아가고 싶다. 내 삶의 작은 변화들이 누군가에게 큰 영향을 미칠 수 있다는 사실을 잊지 않고, 매일매일을 소중히 여기는 삶을 이어갈 것이다.

나는 우리가 서로에게 끼치는 영향력의 가치를 다시 한번 깊이 인식하게 되었다. 가끔 우리는 자신의 행동이나 말이 얼마나 중요한지를 깨닫지 못한다. 하지만 이제 나는 우리의 작은 행동 하나하나가 주변 사람들에게 긍정적인 변화를 일으킬 수 있다는 사실을 확실히 이해하게 되었다. 친구들과의 교류를 통해, 나는 내가 가진 긍정적인 힘을 더욱 확신하게 되었다.

긍정적인 마음가짐을 가지고 삶을 살아가는 것의 진정한 가치를 깨달았고, 서로에게 영감을 주는 삶을 살아가겠다고 결심을 굳혔다. 우리가 모두 서로에게 좋은 영향을 주며 함께 성장해 나갈 수 있다는 믿음을 가지고, 나는 앞으로의 길을 더욱 자신감 있게 걸어갈 것이다.

재활병원에서의 생활은 나에게 인생의 중요한 교훈을 하나 더 가르쳐주었다. 그곳에서 나는 극명하게 대비되는

설렘 : 세상이 나를 속일지라도 나는 나아가리라

두 명의 젊은 환자를 만났다. 첫 번째 환자는 열정적으로 재활 운동과 학습에 매진하는 사람이었다. 그는 병원의 복도에서 마주칠 때마다 항상 걷기 운동을 하고 있었고, 그의 끊임없는 노력으로 매일 조금씩 나아지는 모습이 확연히 눈에 띄었다. 그의 노력은 자연스럽게 주변 사람들에게 희망의 메시지를 전달했고, 그와의 대화는 언제나 긍정적인 에너지로 가득 차 있었다. 그는 아픔을 인정하면서도 그것에 굴복하지 않고, 항상 목표를 향해 나아가려는 강한 의지를 보였다. 반면, 두 번째 환자는 항상 어두운 표정을 지었다. 사람들은 그에게 접근하는 것이 어려웠고, 결국 그와는 대화를 나눠본 적이 없었다. 그는 자주 가족에게 화를 내며, 주변에 부정적인 분위기를 조성했다. 그가 병원을 떠날 때까지 한 번도 웃는 모습을 본 적이 없다는 사실은 나에게 깊은 인상을 남겼다.

이 두 사람은 주변 상황이나 환경, 특히 어려운 상황에서 우리의 태도와 행동이 얼마나 중요한지를 깊이 깨닫게 해 주었다. 긍정적인 마음가짐과 노력이야말로, 가장 힘든 시기에도 우리를 앞으로 나아가게 하는 원동력이 될 수 있다는 것을 깨달았다. 따라서 나는 같은 상황에서도 부정적인 생각에 사로잡히기보다는 긍정의 힘을 잃지 않으려 노력할 것이다. 이를 통해 함께하는 사람들에게 희망과 용기를 전할 수 있는 존재가 되고자 한다. 나는 이 두 사람의 대조적인 모습을 통해, 나의 마음가짐이 얼마나 큰 변화를 일으킬 수 있는지를 다시 한번 되새기며, 긍정적인 에너지를 주변에 전파하는 삶을 살기로 다짐했다. 이렇게 서로의 존재가 서로에게 어떤 영향을 미칠 수 있는지를 잊지 않고, 나도 누군가에게 힘이 될 수 있는 존재가 되길 바란다.

15

안 먹으면
너만 손해야

　매일 일기를 쓰는 것은 내가 경험하는 순간들을 기록하고 싶을 때마다 기록할 수 있는, 나의 소중한 습관이다. 일기장은 나의 진솔한 감정과 생각을 마음껏 표현할 수 있는 안식처와 같았다. 특히, 삶의 도전과 어려움을 마주했을 때, '일기 쓰기'는 마음의 짐을 덜어내는 소중한 과정이었다. 이 과정을 통해 감정을 좀 더 잘 관리할 수 있게 되었고, 긍정적인 태도를 유지할 수 있었다. 그러나 나에게도 힘든 시기가 불가피하게 찾아왔다.

　고등학교 시절부터 내 곁을 지키며 응원의 힘을 주었던 한 살 연하의 남자 친구 L은 내가 중환자실에 있을 동안에도 자주 면회를 와주었다. 때로는 어머니와 함께 찾아오기도 했고, 그의 지지와 위로는 내게 큰 힘이 되었다. L이 남긴 메시지들은 지금도 나에게 큰 격려가 된다. 하지만 시간이 흐르면서 L은 점점 변하기 시작했다. 우리 사이의 동행은 예전과 달라졌고, 그는 더 이상 나를 예전처럼 배려해 주지 않았다.

어느 날, 나와의 약속 날에 걷기도 힘든 내 앞에 새로 산 자전거를 타고 와서 맘껏 자랑하는 그의 모습을 보았을 때, 내 마음속에서는 왠지 모를 아픔이 스쳤다.

'그가 지금껏 보여줬던 사랑과 배려는 2년 만에 변했고, 우리 사이는 이제 끝났구나.'

우리의 관계가 예전과는 달라졌다는 것을 뼈저리게 실감하게 되었다. 이후 예상대로 사소한 다툼이 이어지며, 결국 L은 아무런 설명도 없이 하루아침에 사라져 버렸다. 그의 갑작스러운 이별 통보에 나는 커다란 충격을 받았고, 깊은 슬픔을 홀로 감당해야 했다. 내 마음은 마치 맑은 하늘에 먹구름이 드리운 듯 캄캄하고 무거웠고, 비정한 현실의 잔혹함이 가슴에 꽂힌 칼처럼 그대로 와 닿았다. 엄마는 걱정스러운 눈빛으로 현실을 받아들이라고 조언했지만, 엄마의 조언은 들리지도, 듣고 싶지도 않았다. 식사 때에 밥이 잘 안 넘어가서 그냥 굶겠다는 내 말에 화가 난 엄마가 내게 말했다.

"(단호한 표정으로) 안 먹으면 너만 손해야."

그 말은 차가운 칼날처럼 시퍼런 날을 세워 나를 베었다. 엄마가 내게 하려던 말이 어떤 의미인 줄 알지만, 제정신이 아닌 나에게는 오히려 더 큰 상처로 남았다. 남자 친구와 이별은 엄마와의 갈등으로 이어졌고, 나는 먹어야 하는 약조차 거부하는 소심한 반항까지 하게 되었다.

이 모든 상황을 목격한 아빠는 놀라움과 걱정으로 우리 모녀 사이의 갈등을 해결하기 위해 중재하려 애쓰셨다. 아빠의 중재 덕분에 긴장은 점차 풀리기 시작했다.

아빠는 서로의 관점에서 상황을 이해하려 노력하고, 서로의 감정을 솔직하게 표현할 수 있는 대화의 시간을 마련해 주었다. 그 과정에서 엄마의 말이 나에게 어떤 영향을 미쳤는지를 깨닫게 되었고, 나 역시 엄마의 조언이 나를 걱정하는 마음에서 비롯된 것임을 이해하게 되었다. 엄마와의 대화를 통해 나는 감정을 표현하는 것의 중요성을 깨달았고, 내가 느끼는 복잡한 감정을 좀 더 건강하게 다루는 방법을 배웠다. 무엇보다도 이 경험은 가족 간의 의사소통이 얼마나 중요한지를 다시 한번 일깨워 주었다. 각자의 마음속에 담긴 이야기를 나누고 서로를 이해하는 과정에서 우리 가족은 더욱 단단해졌다.

시간이 지나면서 상처와 감정을 조금씩 덜어내고, 다

시 일상으로 돌아갈 수 있었다. 일기 쓰기와 같은 자기반성의 시간을 통해 내면의 평화를 찾아가며, 나는 서서히 회복의 길을 걷기 시작했다.

내가 겪었던 아픔의 무게는 시간과 동행하며 조금씩 가벼워졌다. 나는 나에 대한 더욱 깊은 이해와 연민을 느꼈다. 나는 나 자신을 더 잘 이해하게 되었고, 그로인해 가족과의 유대도 한층 더 깊어졌다.

일기를 통해 과거를 돌아볼 때마다, 내가 그때 겪었던 어려움들이 시간이 지나면서 얼마나 상대적으로 작아졌는지를 실감하게 된다. 그 과정에서 내가 어떻게 성장하고 변화했는지를 목격하는 것은 정말 고무적이다. 병원에서 보낸 긴 밤마다 일기를 작성하는 습관은 내게 일상이 되었고, 이는 내 자신을 더욱 발전시키는 데 있어 중요한 역할을 했다. 어려운 상황을 어떻게 극복하고 나아갔는지를 기록함으로써, 나는 나의 집중 포인트와 개선해야 할 사항들을 명확하게 파악할 수 있었다.

일기는 나에게 단순히 시간을 기록하는 것 이상의 의미가 있다. 일기는 내 생각과 감정의 흐름을 추적하고, 개인적인 성찰을 가능하게 함으로써, 자기 이해를 깊게 하고, 나아가 자기 관리 능력을 향상하는 도구가 되었다. 글을 쓰는 그 순간마다, 나는 내 마음속 깊은 곳에 있는 감정들을 끄집어내고, 그것들을 이해하려 애쓴다. 일기를 돌아볼 때마다 과거의 어려움들이 어떻게 해결되었고, 나 자신이 어떻게 성장해 왔는지를 되짚어보는 것은 매우 고무적이다. 나의 행동과 반응, 그리고 그것들이 내 삶에 어떤 영향을 미쳤는지를 되돌아보게 만들고, 앞으로의 결정과 행동에 긍정적인 변화를 불러오는 근거가 된다. 글을 읽으며 나는 그때의 나와 마주 앉아 대화하는 듯한 기분이 들고, 내 안의 작은 목소리를 다시 듣는다.

일기는 시간이 지나도 변하지 않는 지극히 개인적인 기록이다. 어떤 순간에는 위로가 되어 주고, 다른 순간에는 과거의 나와 현재의 나 사이에 대화를 가능하게 해 주는 소중한 자산이다. 나의 경험, 생각 그리고 꿈들을 담고 있는 이 페이지들은 내가 걸어온 길을 되돌아보고, 앞으로 나아가야 할 방향을 결정하는 데 있어 훌륭한 나침반이 되어 준다.

일기를 통해 나는 점진적으로 현실을 받아들이는 법을 배웠다. 그것은 나만의 대화 창구였으며, 자아 성찰의 귀중한 시간을 제공했다. 이러한 경험 덕분에 나는 어떤 어려움에도 굴하지 않고, 나 자신과의 약속을 지키며, 자신감 있게 앞으로 나아갈 수 있게 되었다.

'우리는 모두 환자다. 감기를 앓듯 마음의 병은 수시로 찾아온다. 그것을 인정하고 서로의 아픔을 이해해 주는 것, 그것이야말로 세상을 좀 더 아름답게 만드는 방법이다.' 이 드라마 대사는 우리가 인생을 살아가며 겪게 되는 힘든 순간들, 즉 마음의 상처와 아픔에 대한 깊은 이해와 공감을 담고 있다. 삶을 살아가며 우리는 모두 힘든 순간들을 겪는다. 그것을 겪는 것은 마치 감기에 걸린 것과 같다. 고통과 어려움이 나를 짓누르지만, 잘 이겨내고 나면, 나는 더 강해지고 성장할 수 있었다. 다른 이들의 아픔에 더 깊이 공감하고 이해할 수 있는 마음을 갖게 해 주었다. 나는 항상 열린 마음으로 타인의 이야기를 듣고, 그들의 고통과 아픔에 공감하며 살아가려 한다. 우리의 이야기가 서로 연결되어 있다는 것을 믿으며, 조금이나마 이 세상을 더 나은 곳으로 만드는 데에 기여할 것이라고 확신한다.

'여러분도 오늘 밤은 다른 사람이 아닌 자신에게 너 정말 괜찮으냐고 안부를 물어주고, 따뜻한 굿나잇 인사를 하셨으면 좋겠습니다.' 오늘 밤에는 고요한 방안에서 나에게 따뜻한 미소를 지으며, 진심으로 안부를 묻는 시간을 가지기로 했다. 내 마음속에 있는 작은 불안과 두려움을 인정하고, 스스로 다독여 주는 것이 얼마나 소중한지 깨닫는 순간이었다.

이러한 자기 성찰의 시간이 나에게 힘을 주고, 내일을 살아갈 수 있는 용기를 주리라 믿는다. 우리 자신에게도 사랑과 관심을 기울여야 한다. 스스로에게 진심으로 '괜찮니?'라고 물어보고, 따뜻한 안부를 전하는 것은 우리가 자신을 소중히 여기고, 내면의 목소리에 귀 기울일 수 있게 도와준다. 이 과정은 마치 차가운 겨울날 따뜻한 차 한 잔을 마시는 것처럼 내 마음에 따스함을 불어넣는다.

또한, 우리는 자신에게 좀 더 자비롭고 이해심 깊은 태도를 가져야 한다. 자신에 대한 사랑과 이해는 우리의 내일을 더 밝고 행복하게 만드는 기초가 된다. 우리가 자신을 사랑하고, 자신의 가치를 인정할 때, 우리는 더 나은 자신으로 살아갈 수 있으며, 그 긍정적인 에너지는 주변 사람들에게도 따뜻한 영향을 미친다.

마치 햇살이 온 동네에 퍼지듯 나의 작은 변화가 주변의 모든 이에게 긍정적인 파장을 일으킬 수 있음을 느낀다. 모두가 자신에게 친절을 베풀고, 자신을 진심으로 사랑하는 방법을 찾기를 바란다. 이를 위해 매일 몇 분간이라도 스스로에게 시간을 주고, 나의 마음과 몸이 필요로 하는 것을 귀 기울여 살펴보는 것이 중요하다. 우리가 모두 자신을 사랑함으로써, 우리의 삶은 분명 더 행복해질 것이다.

이러한 자기 사랑의 실천은 일상의 작은 순간들 속에서 이루어질 수 있다. 예를 들어, 아침에 일어나서 거울을 보며 나에게 미소를 지어 주거나, 하루를 마무리하고 돌아온 자신에게 수고했다고 말해주는 것. 이런 사소한 행동들이 모여 나를 더욱 사랑하게 만들고, 나의 존재 가치를 끌어올린다. 그러므로, 우리 모두의 마음속에 있는 사랑을 끌어내고, 그 사랑으로 자신을 감싸안을 때, 진정한 행복과 평화를 느낄 수 있다.

16

이름을
바꿔볼까?

한번은 엄마의 친구분이 내게 조심스레 생각지도 못한 특별한 제안을 했다. 이름 때문에 불행한 일을 겪는 사람도 있으니, 개명을 한번 해 보는 것은 어떠냐는 것이었다. 비록 그것이 미신일 수도 있지만, 나는 묘하게 그날부터 그 생각에서 쉽게 빠져나오질 못했다.

우리 가족은 나의 개명에 대해 진지하게 고민하게 되었다. 특히 아빠가 처음에는 자신이 직접 지어 준 이름을 바꾸는 것에 크게 반대했지만, 내가 느끼는 불안감과 걱정을 살펴보며 점차 마음을 열기 시작했다. 21년간 나와 함께했던 익숙하고 소중한 이름을 바꾸려는 결심은 그리 쉽지 않았다. 그러나 그 이야기를 들은 이후로, 그 생각이 마음속에서 떠나질 않았다.

　결국 우리는 엄마의 지인을 통해 소개받은 전문가를 찾아 새로운 이름을 짓기로 결심했다. 여러 가지 제안된 이름들 속에서 많은 고민을 거듭한 끝에 '서영'이라는 이름을 선택하게 되었다. 이 새로운 이름은 마치 새로운 시작, 새로운 장을 열어주는 열쇠와도 같았다. '서영'이라는 이름은 과거의 어려움과 제약을 넘어서 새로운 가능성을 향해 나아갈 준비가 되었다는 것을 의미했다. 이름을 바꾼다는 것은 스스로 많은 것을 약속하는 일이었다. 새로운 이름을 받아들임으로써 나는 과거의 아픔을 뒤로하고, 앞으로 나아갈 삶의 변화와 성장을 기대하게 되었다.

　이 변화는 나 자신뿐만 아니라, 나를 둘러싼 사람들에게도 나에 대한 새로운 인식과 기대를 심어주는 계기가 되었다. '서영'이라는 이름은 나에게 새로운 정체성을 부여하고, 긍정적인 시작을 약속하는 의미로 다가왔다. 이제 나는 '서영'으로서의 새로운 길을 걷기 시작했다. 새로운 이름과 함께 펼쳐질 내 삶의 이야기를 기대하며, 매일매일 작은 변화와 성장을 소중히 여기고자 한다. 이름의 변화는 단순히 외형적 변화뿐만 아니라, 내 마음속 깊은 곳에서부터 시작되는 새로운 여정의 시작임을 느낀다. 이제 나는 '서영'으로서 더 나은 나를 향해 나아가고, 그 과정에서 이 새로운 이름과 함께 새롭게 펼쳐질 내 삶의 이야기를 기대하며 살아가려 한다.

　스무 살, 미대 입시 준비에 몰두하던 그 시기에 갑작스러운 뇌출혈로 오른쪽 편마비 진단을 받으며 꿈꾸던 모든 계획이 무너졌다. 그 순간, 마치 하늘이 내려준 신호처럼 느껴졌다.

　'미술을 하지 말라.'

　처음에는, 내게 일어난 이 사건이 나를 억압하는 것처럼 보였지만, 시간이 지나면서 나는 이것이 단순히 미대 진학이 나의 길이 아니라는 것을 알려주는 방향 전환의 순간이었다고 깨닫게 되었다. 아이유는 자신의 욕망과 취향을 자유롭게 탐구하며, 자신만의 길을 걸어가기로 결심하는 'Shopper'라는 제목의 곡을 노래한다. '아직도 난 더 가지고 싶어. 설레는 게 이렇게나 많은걸. 적당히로는 안 돼. 난 훨씬 더 대담한 걸 원해, 원해.'

　'자신이 원하는 것을 추구할 용기'를 가질 것을 권하는 메시지에 나는 깊은 감명을 받았다. 나는 이 노래를 들으며 자신의 욕망과 취향을 신뢰하고 추구하는 것의 중요성을 알게 되었다. 주변의 잡음에 흔들리지 않고, 내면의 목소리에 귀 기울이며 그것을 따르는 용기가 얼마나 중요한지를 인지하게 되었다. 'Shopper'가 되어 자기 발견의 여정을 통해 진정으로 원하는 삶을 찾아 나서야 한다. 나는 필요한 용기와 영감을 얻게 되었고, 나만의 청사진을 그려 나가기로 마음먹었다.

누구에게나 오롯이 자신만의 시간이 존재한다. 이러한 시간은 매우 소중하며, 때때로 이 시간을 이용해 추억 속으로 빠져들 수도 있다. 그 순간들은 우리에게 휴식과 위안을 제공하며, 새로운 영감을 불어넣기도 한다.

망설임에도 불구하고, 주저하지 않고 용기 있게 행동으로 옮기는 것이 중요하다. '먼저 행동하고, 나중에 생각하자.'라는 마음가짐을 가지고 나설 때, 우리는 예상치 못했던 새로운 발견과 순간들을 마주할 기회를 얻게 된다. 이러한 과정에서 우연히 만난 소중한 사람들과 예기치 않은 기쁨 그리고 삶의 의미 있는 교훈을 발견하게 될 것이다. 이 모든 것은 우리의 경험을 풍부하게 하고, 삶의 방향을 재조정할 수 있는 계기를 마련해 준다.

그러므로, 자신만의 시간을 가치 있게 여기고, 그 시간을 통해 과거를 회상하며 자신을 돌아보는 것이 중요하다. 그리고 용기 내어 새로운 도전을 시작할 때, 우리는 자신도 몰랐던 새로운 측면들을 발견할 수 있으며, 이는 결국 우리 자신을 더욱 성장시키는 계기가 될 것이다. 이 모든 경험들이 나를 더 강하게 만들고, 나만의 길을 찾는 데 큰 힘이 될 것임을 믿어 의심치 않는다.

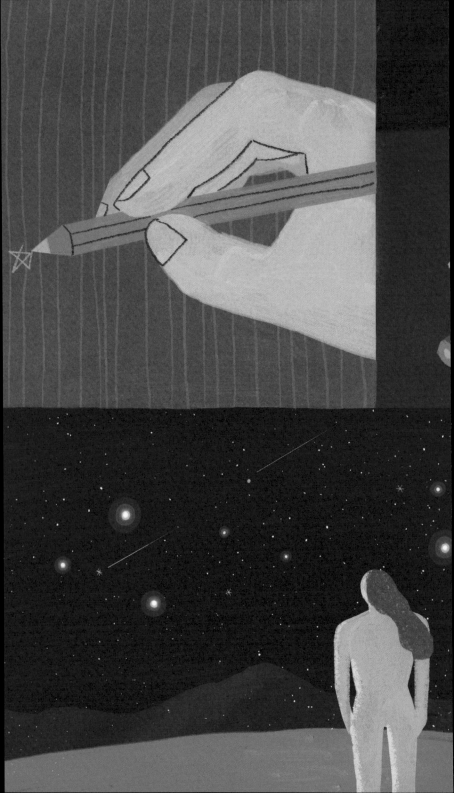

Part
3

불안
진흙탕 속에 버려질 때,
내게 필요했던 마법의 주문

17

상처는 상처고,
인생은 인생이다

친구들과 대화를 나누며 그들의 연애 고민을 들을 때마다, 나는 상황을 되돌아보곤 했다. 그들의 고민이 종종 내게는 상대적으로 사소하게 느껴지기도 했다. 나의 삶에서 겪고 있는 어려움들을 떠올리면, 그런 사소한 문제들이 그들에게는 최대의 고민이 될 수 있다는 사실이 당황스러웠고, 부러움마저 느끼게 했다.

'내가 겪고 있는 이 힘든 상황 속에서,
어떻게 하면 그들의 고민이 큰 문제로 여겨질 수 있을까?'

물론, 친구들이 나에게 마음을 열고, 그들의 생각과 감정을 공유한다는 사실은 진심으로 고마운 일이었다. 하지만 가끔 그들의 너무 사소해 보이는 고민이 나에게는 불만과 질투의 대상이 되기도 했다. 그 과정에서 나는 나 자신을 되돌아보게 되었다.

결국 모두가 서로 다른 고민을 하고 있을 뿐이며, 그것이 각자의 삶을 이루고 있을 뿐이라는 것을 깨달았다. 각자의 고민과 어려움은 그 사람의 삶 속에서 중요하고 실질적인 것일 수 있다는 사실을 알게 되었다. 이러한 생각을 하며, 나는 내 자신의 감정과 태도에 대해 깊이 반성하며 살펴보기로 했다.

내 삶의 어려움과 비교하여 친구들의 고민을 사소하게 치부한 것이 정말 공정한 태도였는지 되돌아보았다. 각자의 삶에서 마주하는 문제와 고민은 그 무게와 중요도가 상대적일 수 있으며, 모든 사람은 자신만의 싸움을 치르고 있다. 친구들의 고민이 내게 사소해 보일 수 있지만, 그것은 그들에게는 분명 큰 의미가 있는 문제일 것이다. 그 이후로는 내 고민과 친구들의 고민의 크기를 비교하지 않고, 서로를 이해하고 지지하며 함께 성장하는 모습을 보이기로 마음먹었다.

'상처는 상처고, 인생은 인생이다.' 허지웅의 에세이는 상처와 어려움이 우리 삶의 불가피한 부분임을 인정하게 하며, 그것들과 공존하며 성장하는 법을 배워야 한다는 메시지를 전달한다. 또한 상처를 감추거나 부정하는 것이 아니라, 그것을 받아들이고 자신의 일부로서 안고 가는 용기를 가질 것을 권장하기도 한다. 상처를 자랑거리나 자기변명의 도구로 삼지 말고, 오히려 그것을 우리 삶의 일부로 받아들이며 나아가야 한다고 한다.

이제 나는 친구들의 고민을 진심으로 이해하고, 그들과 함께 나의 감정과 경험을 나누는 데 더 많은 용기를 내기로 했다. 서로의 상처를 마주하며, 그것을 통해 더 강한 유대감을 형성할 수 있을 것이라는 믿음이 생겼다. 그렇게, 우리는 각자의 길을 걸어가는 동안에도 서로의 존재가 큰 힘이 될 수 있음을 느끼고 있다.

우리가 겪는 모든 어려움과 고통은 결국 우리를 더 단단한 사람으로 만들어 줄 기회가 된다. 우리는 자신의 한계를 넘어설 수 있고, 더 깊은 자기 이해와 성장을 경험할 수 있다. 우리는 상처를 짊어지고 껴안으며 공생하는 방법을 배우고, 이 과정에서 각자의 삶을 더욱 풍부하고 의미 있게 만들어갈 수 있다. 상처와 고난을 겪으면서 우리는 더 강해지고, 이를 통해 얻은 교훈과 경험은 앞으로 나아가는 데 있어 귀중한 자산이 된다. 나는 상처와 어려움 속에서도 성장과 발전의 기회를 찾는 태도의 중요성을 다시 한번 깊이 깨닫게 되었다.

나는 모든 고민과 문제에 대해 너그러운 마음을 가져

야 한다는 것을 배웠다. 친구들을 나의 상황과 비교하는 대신 그들의 입장에 서서 그들의 감정과 고민을 이해하려 노력하며, 그들에게 진심 어린 조언과 위로를 주고자 했다. 나는 내 자신의 고민을 상대화하는 법을 배우며, 삶의 다양한 문제에 대해 더 균형 잡힌 시각을 갖게 되었다. 나와 친구들 모두가 각자의 고민을 극복하고 성장해 나갈 수 있는 길을 함께 찾아가기를 바라며, 우리 모두에게 더 나은 내일이 기다리고 있음을 믿는다.

내가 이타적인 성향을 보이는 배경에는 엄마와 외삼촌들의 영향이 크게 작용했다. 엄마와 외삼촌들은 항상 모든 상황에서 이타적인 태도를 가지고 있으며, 그런 모습은 나에게도 직접적인 영향을 미쳤다. 그러나 삶을 살아가면서 엄마와 외삼촌들의 이타적인 성향이 때때로 자기희생으로 이어지는 것을 보며, '왜 그렇게 자신보다 다른 사람을 위한 희생을 선택하는 걸까?', '어째서 거절하지 못하는 걸까?'라는 의문을 품게 되었다. 그들의 이러한 성격은 때로는 자신에게 손해를 입힐 수도 있다.

나는 엄마와 외삼촌들의 삶에서 몇 가지 예를 통해 이 점이 더욱 명확해졌다. 그들은 자주 자신의 필요를 뒤로하고, 다른 사람의 요구나 행복을 우선시하는 경향이 있었다. 친구가 힘들어할 때면 자신의 일정을 뒤로 미루고라도 그들을 도와주려 하거나, 가족의 필요를 먼저 챙기며, 자신의 피로를 감추는 모습을 종종 목격했다. 이러한 이타적 행동이 때로는 그들 자신의 웰빙well-being을 해치는 결과를 초래하기도 했다. 엄마가 유난히 지친 모습으로 돌아오거나, 외삼촌이 자신의 꿈을 미루는 모습을 보며, 나는 그들이 자신의 행복을 소중히 여기지 않는 건 아닌지 걱정이 되었다.

안타깝지만 그들을 통해 자기 자신을 돌보는 것도 결코 소홀히 해서는 안 된다는 중요한 교훈을 얻었다. 이타적인 행동이 그들의 외적인 삶을 더욱 빛나게 할 수 있지만, 때때로 자신을 위한 시간을 갖는 것이 필요하다는 사실을 알게 되었다. 예를 들어, 엄마는 자신의 건강이 좋지 않음에도 다른 사람을 돕기 위해 자신의 안정과 휴식 시간을 희생하는 경우가 많았다. 그런 엄마의 모습을 지켜보며, 나는 이타적인 성격이 가져올 수 있는 위험성에 대해 생각하게 되었다. 엄마가 피곤한 얼굴로 돌아오거나, 자신의 필요를 뒤로 한 채, 다른 사람을 위해 헌신하는 모습을 보며, 나는 그 사랑이 때때로 얼마나 아프고 힘든지를 느꼈다. 자신의 감정과 욕구를 소홀히 하지 않으면서도 다른 사람에게 친절을 베풀 수 있는 균형을 찾는 것이 얼마나 어렵고 중요한지를 이해하게 되었다.

그래서 나는 엄마와 외삼촌의 이타적인 특성을 존중하면서도, 그 안에서 나 자신을 존중하고 보호하는 데 필요한 경계를 설정하는 방법을 배우고자 했다. 이는 내가 다른 사람들과의 관계에서 행복하고 건강하게 남을 돕는 동시에, 나 자신의 정신적, 육체적 웰빙을 유지하는 데 큰 도움이 될 것이다.

결국, 우리 각자가 개인적인 웰빙을 유지하면서 사회적인 책임을 다하는 방법을 찾는 것이 중요하다. 이를 통해 우리는 더 나은 자아를 발전시키고, 주변 사람들과의 건강한 관계를 유지할 수 있을 것이다. 이러한 관점은 엄마와 외삼촌으로부터 배운 가장 귀중한 교훈이다. 나는 우리가 서로를 이해하고 존중하며, 개인의 가치를 소중히 여기는 마음으로 함께 어려움을 극복하고 성장해 나가길 바란다. 우리가 서로의 손을 잡고 함께 나아갈 때, 더 따뜻하고 의미 있는 세상을 만들어갈 수 있을 것이다. 이제 나는 엄마와 외삼촌들에게도 그들의 행복이 얼마나 중요한지를 이야기하며, 서로의 필요를 존중하는 방법을 함께 찾아가고자 한다. 그렇게 우리는 서로를 지지하며, 건강한 관계를 만들기 시작했다.

18

〜〜〜

엄마,
나는 왜 맨날 힘을 내야 해?

    병원에서의 장기 입원은 종종 부정적인 생각들을 싹트게 했다. 병실에서 같은 병으로 고통받는 사람들을 보며 보내는 우울한 하루하루가 나의 마음을 짓누르곤 했다. 그런 환경 속에서는 부정적인 감정에 쉽게 휩쓸릴 수 있었지만, 나는 그렇게 되기를 원하지 않았다. 이런 부정적인 생각이 스며들 때마다 나는 애써 책을 펼쳤다.

    특히 미국의 소설가 시드니 셸던의 추리소설에 푹 빠지게 되었다. '범인은 누구일까?' 하는 궁금증은 내 머릿속의 어둠을 말끔히 날려주었고, 나는 우울한 감정에 사로잡힐 틈이 없었다. 그 후로 집에 꽂힌 시드니 셸던의 소설들을 차례로 읽기 시작했다. 페이지를 넘길 때마다, 이야기에 몰입하다 보면 점점 더 밝아지는 기분이 들었다.

책 세계에 빠져들며 범인을 찾고 이야기를 따라가는 과정에서 마음이 평온해지고, 긍정적인 생각이 자연스럽게 늘어갔다. 이렇게 내 주변 환경에 흔들리지 않고 내 마음을 조절하는 방법을 찾는 것이 얼마나 중요한지를 깨달았다. 만약 자신에게 맞는 방법을 찾는다면, 더 행복하고 긍정적인 삶을 살 수 있을 것이다. 어느 날, 친구들이 나에게 물었다.

"서영아, 너는 어떻게 그렇게 긍정적으로 살 수 있어? 도대체 그 비결이 뭔데?"

"(미소를 지으며 낮은 목소리로) 나는 하루하루 감사하는 마음을 가지려고 노력해. 어떤 상황에서도 긍정적인 부분을 찾으려 하고, 조금이라도 감사할 수 있는 것들을 발견하려고 애써. 내가 겪는 어려움을 이겨내고 있다는 사실에 자부심을 느끼는 순간들을 갖는 것도 중요해. 어떤 일이든 어려움은 있을 수 있지만, 그 속에서도 자신이 성장하고 변화할 수 있다는 것을 꼭 믿어야 해. 그리고 주변 사람들과의 소통과 서로를 지지하는 것도 엄청 중요해. 소통과 지지는 어려운 시간을 헤쳐 나가는 데, 필요한 힘을 주거든."

이 모든 것은 연습이 필요하다. 하루하루 감사할 점을 찾고 스스로 격려하는 것이야말로 내가 어떤 상황에서도 흔들리지 않고 극복할 수 있는 힘을 주었다. 이렇게 내면에서 시작된 긍정은 점차 주변 환경에도 영향을 미치며, 더 많은 긍정적인 상호작용을 끌어내는 선순환을 만들어 냈다.

"그러니까, 너희도 내가 경험했던 것처럼 시도해 보면 좋을 것 같아. 만약 너희에게 어떤 어려움이 닥쳤을 때, 당장은 힘들고 어렵게 느껴질 수 있지만, 그 상황에서도 배울 점과 성장할 기회를 찾으려고 노력해 봐. 그리고 무엇보다 중요한 건, 우리가 서로를 얼마나 잘 지지하고 있느냐 하는 거야. 서로의 성장을 돕고, 때로는 서로의 버팀목이 되어 주는 것. 이것이 우리가 함께 힘든 시기를 극복하고 더 나은 내일을 향해 나아가는 데 결정적인 역할을 하니까."

내 친구들은 내 말을 듣고 서로를 더욱 의지하며 긍정적인 생활을 영위할 방법에 대해 고민하기 시작했다. 우리가 이런 자세를 통해 더욱 견고하고 긍정적인 관계를 구축하며, 삶의 어려움을 함께 넘어설 수 있기를 바랐다. 이렇게 서로를 지지하고 긍정적인 마음을 공유함으로써, 우리는 더 행복하고 만족스러운 삶을 이끌어갈 수 있을 것이다.

마음속의 고뇌를 잠시 내려놓고, 긍정적인 생각을 유지하기 위해 매일 감사하는 마음을 가지기로 결심했다.

어떤 상황에서도 긍정의 여지를 찾으려 애쓰며, 내가 겪는 어려움을 극복하는 과정에서 느끼는 자부심이 내 마음을 지탱해 주었다. 힘든 시기마다 그 속에서 성장할 기회를 발견하려고 노력했고, 무엇보다도 주변 사람들과의 지속적인 소통과 지지를 통해 어려운 시간을 이겨내는 힘을 얻었다.

19

누나,
아프지 마세요

    병실에 몰래 찾아온 손님이 또 있었다. 작업치료를 받으러 갔다 온 사이에 할머니가 그 손님이 남긴 다섯 통의 편지를 나에게 전해주셨다. 할머니는 그 손님이 내 후배라고만 말씀하셨고, 처음에는 누구인지 전혀 감이 오지 않았다. 하지만 편지를 하나씩 펼쳐보면서, 그 손님이 중학교 3학년 때부터 나를 좋아했던 후배 P 씨라는 사실을 알게 되었다. 그는 나를 격려하고 위로하기 위해 찾아온 것이었다. 편지를 읽으며 고마움과 부담스러움이 동시에 밀려왔다. 편지 내용은 주로 뇌출혈로 쓰러지기 전, 그가 중학생 시절부터 멀리서 나를 바라보며 쓴 이야기였다.

중학교 급식실 앞에서 친구들과 함께 웃으며 장난치던 누나의 모습에 반해서, 아직도 누나를 좋아하고 잊지 못하고 있어요. 누나가 쓰러졌다는 소식에 너무 놀라서 그날 하루 종일 눈물만 나더라고요. 그때 누나를 도와주지 못한 게 너무 속상했어요. 뒤에서 항상 누나를 바라봐왔고, 응원하고 있음을 알아줬으면 좋겠어요. 그런 바람에서 많은 생각 끝에 편지를 씁니다. 그래도 살다가 한 번쯤 힘들고 지칠 때, 뒤돌아 날 불러주세요. 누나, 아프지 마세요. 완치돼서 행복한 모습 찾길 바라요.

그의 편지는 오랜 관심과 애정이 느껴져서 마음이 뭉클했다. 한편으로는 내가 몰랐던 나의 모습이 나열되어 있어 놀라기도 했지만, 고마운 마음이 더 컸다. 후배에게 고마움을 전하고 싶었지만, 지금 제대로 걷지 못하는 모습을 보여주고 싶지 않아 연락을 망설였다. 그러나 그 따뜻한 마음에 감동하여 결국 그의 연락처를 알아내 문자를 보냈다.

할머니한테 너의 편지를 전해 받았어.
병문안 와서 할머니랑 말동무해 줘서 고마워.
근데 바쁠 텐데 병문안은 더 이상 오지 않아도 돼.
나를 걱정하는 네 마음만은 고맙게 받을게.
너도 내 걱정 너무 말고, 이제 네 삶을 즐겨.
항상 몸 건강해.

누나, 연락해 줘서 고마워요.
누나가 그렇게 말해주니까, 제 마음이 편해지네요.
누나가 건강하게 지내는 모습 보고 싶어서 왔는데,
앞으로는 누나 말대로 제 삶도 잘살아볼게요.

그의 답장을 보고 나니, 내 상황을 잘 이해해 주고, 내 마음을 존중해준 후배가 정말 고마웠다.

그 이후로 나는 더 열심히 재활에 임했다. 매일매일 조금씩 나아지는 내 모습을 보면서, 이제는 다른 사람의 격려만이 아니라, 내 스스로에게도 힘이 되는 존재가 되고 싶다고 생각했다. 할머니도 내가 점점 나아지는 걸 보고 매우 기뻐하셨다. 할머니는 언제나 내가 행복하기를 바라시니까.

몇 달이 지나, 나는 좀 더 걷기 편해졌고, 가끔은 집 근처 공원까지 산책도 다녀오곤 했다. 그 공원에서 새로운 사람들을 만나고, 간단한 대화를 나누는 것도 즐거워졌다. 이런 작은 변화들이 내 삶에 큰 기쁨을 주기 시작했다.

이제 나는 더 이상 과거의 아픔에 얽매이지 않기로 했다. 물론 가끔은 힘든 날도 있지만, 그럴 때마다 후배가 보낸 편지를 다시 읽어보며 용기를 얻었다. 누군가가 나를 그렇게 소중하게 생각해 준다는 사실이 내게는 큰 힘이 되었다. 그리고 앞으로도 내 삶을 긍정적으로 살아가기 위해 내가 할 수 있는 최선을 다해서 계속 노력할 것이다. 새로운 날들에 대한 청사진이 그려졌고, 그 속에서 다시 한번 내 인생을 그려나가고 싶다.

몸이 불편하다고 해서 필연적으로 불행한 것은 아니다. 사실, 삶의 의미는 우리가 마주하는 도전과 그에 대한 대응 방식에서 판가름이 난다. 몸이 좋지 않은 상황에서도 긍정적인 태도와 적응력을 발휘한다면, 우리는 그 안에서 작은 행복을 찾아낼 수 있다. 반면에 건강하더라도 내면의 갈등이나 고뇌로 인해 불행을 경험할 수 있다.

또한, 기존에 하던 일을 멈추는 것이 반드시 손해를 보는 것은 아니다. 때로는 휴식을 취하거나 새로운 길을 모색하는 것이 멀리 보면 건강하고 만족스러운 삶으로 이어질 수 있다. 중요한 것은 자신의 필요와 목표에 일치하는 삶을 설계하는 것이다. 적절한 시기에 쉬어가는 결정이 향후 더 나은 방향으로 나아갈 수 있는 발판이 될 수 있으므로 이는 매우 소중한 선택이 될 수 있다.

세상이 내 뜻대로 움직이지 않는 순간은 셀 수 없이 많다. 스스로 위로하고 다독여도 마음이 상하는 일은 생각보다 더 자주 발생한다. 고된 노력에도 불구하고 내가 원하는 결과를 얻지 못하는 경우도 많았다. 그럼에도 불구하고 나는 어려운 시기를 뒤로하고 다시 일어섰다. 어떠한 상황에서도 포기하지 않고 자신감을 되찾으며 앞으로 나아가는 태도가 결국 나를 더욱 강인하게 만들었다는 걸 알게 되었다.

도전을 극복할 때마다 내면의 힘이 성장하는 것을 느꼈다. 이제는 힘든 상황에 부닥칠 때마다, 그 순간들이 나를 더 단단하게 다져주고 있다는 사실을 인식하게 되었다. 그렇게, 나는 앞으로도 맞닥뜨리게 될 어려움에 대해 두려움 없이 맞설 준비가 되어 있다. 내가 겪은 모든 경험은 나를 더욱 발전시키는 계기가 되었고, 이제는 더 밝은 미래를 향해 자신 있게 나아갈 수 있다.

우리는 현재를 소중히 여기며 그 안에서 할 수 있는 것들을 최대한 이루어 나가는 것이 중요하다. 자신이 정말로 하고 싶은 일을 명확히 알고, 그것을 위해 노력하는 과정에서 삶의 기쁨을 찾는 것이 필요하다. 우리에게 주어진 모든 기회를 적극적으로 활용하여 삶을 더 풍요롭고 행복하게 만들어 나갈 수 있다. 자신감을 유지하며 우리의 몸과 마음이 어떤 어려움도 극복할 수 있음을 믿자. 이렇게 할 때, 우리는 일상에서 더 큰 만족과 행복을 느낄 수 있다.

이런 마음가짐으로 하루하루를 살아가다 보면, 작은 것에도 감사할 줄 아는 마음이 생기고, 그 속에서 진정한 행복을 발견하게 될 것이다. 삶의 각 순간이 주는 의미를 깊이 새기고, 그 안에서 나만의 이야기를 만들어 나가는 것이야말로, 우리가 진정으로 원하는 삶을 살아가는 길이 아닐까?

20

그까짓
장애가 뭐라고

초등학교 시절에 키가 작아 항상 앞자리에 앉았던 나는, 학교에서 보기 드물게 인지력이 부족한 친구들과 자주 짝이 되었다. 선생님께서는 그 친구와 나를 항상 맨 앞에 같이 앉히셨다. 처음에는 선생님의 배정이 불공평하다고 느껴졌다.

‘왜 자꾸만 나한테 이런 역할을 주는 걸까?’

의문이 머릿속을 맴돌았다. 이런 생각을 아빠에게 털어놓았다.

"(아빠가 차분한 목소리로) 선생님은 네가 그 친구들에게 좋은 친구가 될 수 있을 거라 믿기 때문이야. 그 친구들의 좋은 친구가 되어 줘. 아빠도 선생님의 너에 대한 믿음이 틀리지 않았다고 생각해."

아빠의 말은 처음엔 당혹스러웠지만, 시간이 지나면서 그 의미를 조금씩 이해하기 시작했다. 학교로 향할 때마다 아빠의 조언이 머리에서 떠오르고, 그 친구들에게 도움을 주고자 하는 마음이 자연스럽게 생겨났다. 처음에는 서투른 그 친구들과의 관계가 쉽지는 않았다. 소통의 어려움은 그래도 이해할 수 있었지만, 갑자기 코딱지를 파서 내 책상에 묻히는 등 이해할 수 없는 행동들에 당황스러웠다. 그러나 시간이 지나면서 그들을 이해하려는 마음을 갖게 되었다. 그 친구들과의 소소한 대화 속에서 그들의 순수한 눈빛과 해맑은 미소가 전하는 진심을 느끼게 되었고, 조금씩 나의 마음이 열리기 시작했다.

친구의 문제를 해결해 주고, 필요한 순간에 도와가면서 진정한 친구가 되었다는 것을 깨달았다. 내게 조언해 주었던 아빠의 말씀이 이제는 완전히 이해되었다. 선생님은 내가 이 친구들에게 특별한 도움을 줄 수 있다고 믿었고, 실제로 그 친구들은 내게도 큰 영향을 미쳤다. 서로를 이해하고 배려하며 함께하는 시간은 우리 모두에게 큰 보람을 주었다. 그 친구들은 나에게 무한한 용기와 희망을 선사했고, 내 삶에 깊은 영향을 미쳤다.

결국 아빠의 조언은 소중한 지혜가 되어 내 인생의 길을 밝혀주었다. 함께 시간을 보내면서 깨달은 것은 이 친구들 역시 자신만의 꿈과 열정을 갖고 있다는 사실이었다. 특히 한 친구는 미술에 탁월한 재능을 가지고 있어, 종이 위에 그려낸 아름다운 그림들로 우리를 놀라게 했다. 그의 그림은 화가처럼 색채가 살아있었고, 감정이 스며들어 있었다.

장애라는 어려움 속에서도 그는 꿈을 향해 꾸준히 나아가고 있었다. 그들의 열정과 끈기는 내게 큰 영감을 주었다. 노력과 열정으로 어려움을 극복하며 자신의 꿈을 향해 나아가는 모습은 내가 가진 것에 대해 감사하는 마음을 갖게 했다. 이 친구들은 자신의 장애를 넘어서 삶을 즐기며 각자의 길을 걷고 있었다. 또한 서로의 다름을 인정하고 이해하며 서로를 돕는 것이 얼마나 중요한지 깨달았다. 우리는 함께하는 과정에서 서로에게서 배울 점을 찾아가는 것의 가치를 알게 되었고, 이것이 우리가 함께 걷는 길에서 가장 소중한 보물임을 깨닫게 되었다.

이제 나는 그 시절을 되돌아보며, 그 친구들과의 경험이 내 삶을 어떻게 변화시켰는지를 깊이 느낀다. 그들과의 소중한 기억들은 내 마음에 여전히 살아 숨 쉬고 있으며, 그들이 내게 가르쳐 준 사랑과 이해는 앞으로도 나의 삶을 이끌어 줄 것이다. 이제 나는 그들이 내게 준 가르침을 마음에 새기고, 앞으로도 누군가의 좋은 친구가 되어 주고 싶다.

장애는 단지 몸의 제한일 뿐, 결코 불가능을 의미하지 않는다. 우리는 모두 각기 다른 능력과 장점을 가지고 있으며, 장애가 있는 사람들도 당연히 예외가 아니다. 비록 몸이 불편하더라도 노력과 열정이 있다면 어떤 장벽도 극복할 수 있다. 장애가 있는 이들은 종종 일반인보다 몇 배 더 큰 노력을 기울여야 하지만, 오히려 그 과정에서 인내와 끈기, 포기하지 않는 의지를 몇 배 더 배울 수 있다. 이러한 누적된 강인함은 우리 모두에게 깊은 영감을 주기도 한다.

노력과 열정을 가진 사람들은 신체적 한계를 넘어 자신의 목표를 달성할 수 있다. 나 역시 이러한 신념을 가지고 내 삶의 모든 기쁨을 만나기 위해 꾸준히 나아갈 것이다. 아플 때일수록 꿈을 꾸자. 처음에는 꿈을 향한 노력이 목표의 일부에 그칠 수도 있지만, 하늘과 자신을 믿으며 끊임없이 나아간다면, 어느 날 갑자기 나머지 부분도 신기하게 이루어지는 것을 발견하게 될 것이다. 우리의 여정은 우리가 배우고 성장할 수많은 기회를 제공한다. 때로는 목표에 도달하지 못할지라도, 그 과정에서 얻은 통찰력과 경험은 우리의 삶을 더욱 풍부하게 만든다. 꿈을 꾸고, 그 꿈을 향해 나아가는 것만으로도 우리는 이미 성공한 것이다.

내가 만난 친구들, 그들이 보여준 끈기와 열정은 내게 깊은 감동을 주었다. 그들은 자신이 가진 장애를 넘어서서, 매일매일 작은 목표를 세우고 그것을 이루기 위해 노력했다. 한 친구는 미술에 대한 열정으로 매일 아침 일찍 일어나 그림을 그렸다. 그의 그림은 단순히 선과 색이 아닌, 그의 꿈과 열망이 담겨 있는 예술 작품이었다. 그는 나에게 '꿈은 이루어지기 위해 존재하는 것'이라고 말했고, 그 눈빛 속에서 자신의 가능성을 믿는 힘을 느낄 수 있었다.

이처럼 꿈을 향한 여정은 우리가 서로에게서 배우고, 서로의 존재를 통해 더욱 성장할 기회를 제공한다. 우리는 각자의 길을 걸으며, 때로는 넘어지고, 때로는 좌절하지만, 그 모든 경험이 결국 우리를 더 나은 사람으로 만들어 준다. 꿈을 꾸고, 그 꿈을 향해 나아가는 것만으로도 우리는 이미 삶의 진정한 의미를 발견한 것이다. 이 모든 과정을 통해, 우리는 서로의 다름을 인정하고, 함께 걸어가는 길에서 진정한 연대감을 느낄 수 있다.

21

누나,
어제 반말해서 죄송해요

　내 마음에 들지 않는 알 수 없는 감정이 불안으로 밀려 오는 것을 느끼던 중, 오랜만에 만난 친구들과의 만남에서 그들의 졸업 후 취업에 관한 고민을 듣다가 나만 뒤처졌다 는 생각에 나는 더욱 흔들렸다. 스무 살에 수능을 본 후에 쓰러졌고, 대학에는 원서를 넣어 합격해 둔 상황이어서, 나는 대학교 1학년 1학기로 복학을 앞두고 있었다. 두려 움과 걱정으로 대학 생활에 대한 흥미는 점점 떨어져 가고 있었다.

　"아빠! 내가 미대에 가려고 했는데, 수능만 보고 쓰러져 서 못 갔잖아요. 아빠가 일반 학과로 넣어줘서 대학에 들 어갔지만, 이대로 가는 것이 옳은 일인지 잘 모르겠어요."

"음~. 아빠 생각에는 서영이가 우선 한 학기만 다녀보는 것이 좋을 것 같아. 한 학기 후에도 정말 별로라면, 그때 그만두면 되니까."

길고 진지한 대화 끝에 나는 대학에 다녀보는 도전을 하기로 마음먹었다. 관심 없는 전공과 새로운 학교생활에 대한 걱정이 앞섰고, 이전처럼 새로운 친구들과 잘 어울릴 수 있을지에 대한 우려도 있었다. 고등학교와 재수학원 시절엔 활달하고 외향적이었지만, 지금은 꽤 소극적으로 변해 있었기 때문이다. 그러나 결국, 나는 나답게 부딪혀 보기로 결심했다. 새로운 환경에서의 적응과 친구 사귀기에 대한 막연한 두려움을 극복하고자 하는 마음이 커졌다.

스물네 살에 전혀 예상치 못한 학과에 입학하여 평범한 일상으로 돌아가려는 첫 발걸음을 내디뎠다. 나보다 네 살이나 어린 동생들과 함께 수업을 듣게 될 것이라는 사실에 걱정이 앞섰고, 아픔을 겪은 후의 첫 사회생활이라 새로운 친구들을 사귀는 것이 두려웠다. 그러나 막상 학교에 다니기 시작하니, 같은 반 친구들이 착하고 순수해 보이고 귀엽기까지 했다.

'걱정의 반은 실제로 일어나지 않는다.'

첫 수업 끝난 후에 1학년 과대 동생이 반말로 나를 불렸다.

"(제법 큰 목소리로) 야! 너 MT 갈 거야? 그럼, 신청서 작성해서 나한테 내면 돼."

"(당황한 표정으로) 어?! 아, 근데 나는 MT에 참석하기는 좀 어려울 것 같아."

"아~. 그래? OK. 알겠어."

그가 내 나이를 모르는 상황이 재미있어서 굳이 밝히지 않았다. 며칠 후, 교수님이 출석부를 화면에 띄웠을 때, 나는 유일하게 13학번으로 맨 위에 있었고, 새내기 16학번 친구들은 웅성거렸다. 수업이 끝난 후에 1학년 과대 동생이 다가와 내게 말을 걸었다.

"(머쓱한 표정으로 머리에 손을 얹으며) 누나, 어제 제가 반말해서 죄송해요. 정말 몰랐어요."

"(가볍게 웃으며) 아니야. 나도 재밌었어. 어리게 봐줘서 오히려 고마워."

"(옆에서 듣다가 참견하며) 우와! 완전 동안이라 언니인 줄 몰랐어요. 언니, 우리 친하게 지내요!"

이제 불안감과 걱정은 사라지고, 아침의 싱그러운 공기와 푸른 잎사귀가 휘날리는 바람과 새들의 지저귐이 새롭게 느껴졌다. 삶에 대한 의욕이 다시 꿈틀거리며 살아나기 시작했다. 새로운 환경에서 불편해하고 걱정하던 나를 받아들여 준 친구들 덕분에 학교생활에 대한 기대감이 커졌다. 학업에 집중하면서도 동시에 사회적 관계를 넓혀가는 것이 흥미로워졌고, 나의 새로운 시작에 자신감이 생겼다. 모든 날이 내게 새로운 가능성을 선사했고, 나는 매 순간을 소중히 여기며 최선을 다하기로 마음먹었다. 변화를 두려워했던 내 마음은 이제 설렘으로 가득 차 있었고, 앞으로의 학교생활이 기대되기 시작했다. 나는 무엇이든 이겨낼 힘을 내면서 하루를 즐기기 시작했다. 각자의 길을 걷는 친구들과 함께 성장하는 과정에서, 나도 나만의 꿈을 찾아가는 여정에 한 발짝 더 다가서게 되었다.

불교의 승려 틱낫한은 '우리의 슬픔과 두려움으로 가득 차 있는 무거운 마음으로는 아름다움을 제대로 음미할 수 없습니다.'라고 말했다. 우리의 마음가짐이 어떻게 경험을 결정하는지를 이해하면, 근심과 불안을 쉽게 해결할 수 있다. 무거운 마음을 최대한 가볍게 하여 우리의 발걸음을 가볍게 하는 것이 중요하다. 그렇게 함으로써, 우리는 주변의 아름다움을 음미하고, 감사의 마음으로 길을 걸을 수 있다.

이 변화는 단지 외부 세계를 다르게 보는 것이 아니라, 내면의 평화와 조화를 찾는 여정의 시작이 될 것이다. 이를 통해 우리는 외부 세계의 아름다움뿐만 아니라, 내면의 평화와 조화를 이루는 길도 함께 열어갈 수 있다.

22

≈≈≈

얼마나 오랜 시간을
우리는 미움의 그림자 속에서
살아왔을까?

중학교 시절에 쌍둥이인 두 친구와 나는 친구들에게 '세쌍둥이'라는 애칭으로 불리며 깊은 우정을 나누었다. 그러나 시간이 지나면서 우리의 관계는 서서히 흔들리기 시작했고, 결국 상대방의 예상치 못한 일방적인 관계 단절로 이어졌다. 성인이 되어 우리는 함께 세부로 여행을 계획하면서 다시 한번 그 관계를 되살려보려 했다. 기대와 설렘으로 가득 찬 첫 발걸음이었지만, 여행이 진행될수록 우리는 예상치 못한 도전에 직면하게 되었다. 이 도전들은 우리의 우정을 시험에 들게 했고, 그동안 쌓아온 소중한 시간이 위태롭게 흔들리기 시작했다.

세부에 도착했을 때, 흐린 하늘과 내리는 비는 우리의

첫 해외여행을 방해할 것 같지 않았다. 첫날, 우리는 스쿠버 다이빙에 도전하기로 했다. 물속에 들어서자마자 느껴지는 공포감은 생각보다 강렬했다. 호흡이 자유롭지 않아 가슴이 조여오는 느낌이 들었고, 내 계획과는 달리 물속에서의 혼란은 나를 압도하고 있었다. 쌍둥이들은 점차 내 시야에서 멀어져 갔고, 나는 그들의 존재를 잊고 나 자신을 안정시키는 데 급급했다. 미리 연습했던 숨쉬기조차 물속에서는 여의치 않았다. 수경에 물이 차오르면 그 물을 비우려 할 때마다 바닷물이 코로 들어와 불편함이 더해졌다.

여러 번의 시도 끝에 나는 결국 스쿠버 다이빙을 포기하고 배로 돌아가기로 결심했다. 쌍둥이들은 나의 결정을 이해하며 아쉬워했지만, 그들은 내가 느꼈던 공포를 알 수 없었던 것 같았다. 그날 저녁에 우리는 긴장을 풀고 하루를 마무리하기 위해 마사지를 받았다. 따뜻한 마사지에 몸과 마음이 서서히 이완되면서, 첫날의 혼란이 잊혀가는 것 같았다. 이렇게 하루를 평온하게 마무리할 수 있어 감사한 마음이 들었다.

하지만 여행의 둘째 날부터 문제의 씨앗이 자라기 시작했다. 쌍둥이 자매는 중학생 시절부터 사소한 문제로 자주 다투곤 했고, 그 모습이 내 앞에서도 흔하게 펼쳐졌기에 이번 여행에서도 큰 문제가 되리라곤 생각하지 못했다.

그러나 낯선 해외에서 나마저 예민해지면서 그들의 다툼이 더욱 심각하게 다가왔다. 특히 쌍둥이 중 한 명은 최근 연애를 시작한 터라 하루 종일 핸드폰을 손에서 놓지 않았다. 이동할 때마다 연인에게 상황을 보고하고, 심지어 그랩(세부의 택시)이 도착했음에도 남자 친구에게 보낼 문자에 집중하느라 한동안 기사분을 기다리게 하였다. 그녀는 그 이후에도 여행에 집중하지 못하는 모습을 반복적으로 보였다. 처음에는 '좋은 게 좋은 거지.'라는 마음으로 이해하려 했지만, 그 태도는 점점 나의 불만으로 변해갔다.

우리의 관계가 흔들리는 가운데, 세부의 아름다운 풍경과는 대조적으로 마음은 점점 더 어두워져 갔다. 여행의 즐거움은 사라지고, 쌍둥이 자매의 사소한 다툼이 나를 더욱 피곤하게 만들었다. 서로의 감정을 이해하고 지지하기보다는, 서로 불만이 쌓여가는 것 같았다. 여행이 끝나갈 무렵에 우리의 우정이 다시 회복되기를 바랐지만, 여행 도중에 쌓인 감정의 골은 이전보다 깊어만 갔다.

해외여행 중 이러한 상황이 반복되자 나는 점점 민감해지고 지쳐갔다. 쌓여가는 불만이 내 마음을 무겁게 하던 어느 날, 나는 쌍둥이에게 솔직한 마음을 전하기로 했다.

"우리가 여행을 온 것은 셋이지, 네 남자 친구까지 포함된 넷이 아니야. 이제부터라도 여행에 집중해 줄 수 없을까? 그리고 너희 둘이 계속 싸우는 것도 보기 힘들어. 해

외까지 와서 이런 모습을 보고 싶지 않아."

내 목소리는 상대가 알아차릴 정도로 떨렸지만, 이 말을 꺼내는 것이 얼마나 중요한지 알았다. 그래서 후회는 없었다. 다행히도 그들은 내 감정을 이해하고 남은 여행 동안 집중하기로 약속했다. 저녁 식사 시간에 우리는 서로의 불편한 점을 솔직하게 털어놓았다. 잠시 긴장감이 감돌았지만, 그 대화를 시작으로 다툼에 대해 잘 마무리 지을 수 있었다. 그렇게 여행의 나머지 부분은 훨씬 더 원활하고 즐겁게 진행될 수 있었다. 함께 웃고 떠드는 시간이 다시 돌아온 것 같았다.

그러나 여행을 마치고 한국으로 돌아왔을 때, 일상이 잠시 평온함을 찾은 듯했지만, 예상치 못한 일이 발생했다. 평소 '평생의 친구'로 여겼던 쌍둥이 친구들의 카카오톡 프로필 사진이 사라진 상태였다. 뒤늦게 그들이 나를 차단했다는 사실을 깨달았을 때, 심장이 쿵 하고 내려앉는 느낌이었다. 처음엔 무슨 일인지 이해할 수 없었다. 해외여행 중에 있었던 작은 다툼이 이렇게 큰 파장을 일으킬 줄은 상상도 못 했다.

이후, 나는 매우 허탈해하며 친구 관계에 대해 깊이 고민하게 되었다. 친구와 멀어지는 것은 나에게 큰 슬픔이었다. 그러나 어느 순간, 모든 인연이 영원할 필요는 없다는 것을 받아들이게 되었고, 그때부터 마음이 조금은 편해졌다. '시절 인연'이라는 말처럼, 모든 친구가 반드시 평생 계속 가까워야 하는 것은 아니라는 생각이 들었다. 그럼에도 불구하고 쌍둥이 친구들과의 이별은 여전히 아쉬웠다. 나는 불만이 있을 때 그들과 대화를 시도하며 문제를 해결하고자 노력했지만, 그들은 대화를 시도하기보다는 관계를 단절하는 선택을 했다. 그로 인해 우리 사이에 대화를 통해 문제를 해결하고 관계를 정리할 기회조차 갖지 못한 것에 대한 아쉬움이 컸다.

그렇지만 내가 쌍둥이들과 함께한 학창 시절의 추억은 여전히 소중하게 여기고 싶다. 그 추억은 내 인생에서 중요한 부분을 차지하고 있기 때문에 그들을 미워하고 싶지는 않았다.

'얼마나 오랜 시간을
우리는 미움의 그림자 속에서 살아왔을까?'

타인에 대한 불만, 자기 자신에 대한 자신감 부족, 혹은 과거의 상처로 인해 우리는 종종 미움에 사로잡히곤 한다. 이러한 감정은 우리를 억압하며, 소중한 순간들을 송두리째 빼앗아 가고, 내면의 평화마저 위협한다.

'미움으로부터 벗어나는 길은 무엇일까?'

먼저, 자기 자신을 있는 그대로 받아들이는 것부터 시작해야 한다. 자기 자신을 사랑하고 존중하는 것, 이것이 바로 미움에서 벗어날 수 있는 첫걸음이다. 완벽함을 추구할 필요는 없으며, 모든 상황에서 성공을 기대하지 않아도 된다. 중요한 건 자신을 이해하고, 자신의 가치를 인정하는 것이다.

또한, 우리는 현재에 집중해야 한다. 미래에 대한 걱정과 과거의 후회는 우리를 미움의 구렁텅이로 이끈다. 현재에 집중함으로써, 우리는 과거의 상처를 치유하고 미래에 대한 희망을 키워갈 수 있다. 현재의 순간을 즐기며 미래를 위한 계획을 세우는 건 중요하다. 미움에서 해방되는 것은 결코 쉬운 일이 아니다. 하지만 우리가 자신을 사랑하고, 용서하며, 현재에 집중함으로써 해답을 찾을 수 있다.

미움은 우리를 묶어두는 족쇄가 아니라, 우리가 자유롭게 걸어갈 수 있는 길을 찾는 지도가 될 수 있다. 이제 함께 용기를 내어, 미움으로부터 해방되는 여정을 시작해 보자. 나의 마음속에 남아 있는 쌍둥이 친구들과의 추억을 소중히 간직하며, 새로운 인연을 맞이할 준비를 해 보려 한다.

23

〰〰

왜 그때,
나를 받아주지 않았어?

성인이 된 후, 중학교 시절부터 나를 짝사랑했던 후배 P 씨와 다시 만난 날, 그 순간은 마치 꿈처럼 느껴졌다. 우리의 첫 만남은 잊을 수 없는 즐거움으로 가득 찼고, 그동안 그를 밀어냈던 것에 대한 미안함이 마음 깊이 스며들었다.

"재활병원에 입원해 있을 때 병문안 와줘서 정말 고마웠어. 그때도 문자로 감사의 말을 전했지만, 직접 만나서 다시 한번 고마움을 전하고 싶었어."

"(화색이 도는 눈빛으로) 아니에요, 누나. 제가 누나와 이렇게 마주 앉아 밥을 먹는 지금이 꿈만 같아요. 누나를 처음 보고 첫눈에 반한 그때부터 이런 순간을 기다려왔어요."

그의 진심 어린 고백에 내 마음은 다시 한번 쿵쾅거리기 시작했다. 그가 왜 나에게 첫눈에 반하고, 왜 이렇게 오랫동안 나를 좋아했는지 이해할 수 없었지만, 그 마음의 깊이는 나를 사로잡기에는 충분했다. 그렇게 우리는 금세 연인이 되었다. 대학생인 나와 달리 고졸 전형으로 일찍 취업한 P 씨는 차를 운전하며 나를 학교에 데려다주고, 집에 데려다주는 등 매일 함께하며 세심하게 챙겨주는 남자친구가 되었다. 그의 따뜻한 배려는 처음에는 나를 행복하게 했지만, 시간이 지나면서 그의 과도한 집착이 우리의 연애를 점점 힘들게 만들었다. P 씨는 술에 취하면 과거의 아픔을 끄집어냈다.

"왜? 그때 나를 받아주지 않았어? 그때 내가 얼마나 힘들었는지 알아?"

"(한숨 섞인 목소리로) 전에도 내가 말했지만, 그때는 내 옆에 다른 사람이 있었어."

"(감정 섞인 목소리로) 도대체 네가 만난 그 사람보다 내가 부족한 게 뭐였어?"

"네가 부족한 게 어딨어? 그리고 다 지난 일이야."

"(칼날 같은 목소리로) 너를 혼자 짝사랑한 10년 동안! 난 혼자 얼마나 비참했는지 알아?! 그냥 바라만 보는 게 얼마나 힘든지 아냐고!"

"(차분한 목소리로) 지금 내가 만나고 있는 사람이 너인

데, 왜 매번 지난 과거 얘기를 해? 너한테 그게 중요했으면 애초에 우리가 시작하지 말았어야지."

처음에는 그의 모든 것에 감동을 받았으나, 시간이 지날수록 P 씨의 집착은 점점 더 심각해졌다. 특히 술자리에서의 폭발은 나를 더욱 괴롭혔다. 매번의 싸움 후 사과하는 패턴에 나는 점점 지쳐갔고, 결국 그의 도를 넘는 실수가 발생했다. 나는 더 이상, 이 관계를 유지할 수 없음을 확신했다. 그에게 그만 만나고 싶다는 내 결정을 전했을 때, P 씨는 크게 반발하지 않았고, 마지막 만남에서는 전혀 미안한 기색 없이 낯설고 차가운 모습으로 나를 바라보았다. 그러다 그는 갑작스럽게 폭력적으로 나를 제압하려 했고, 그 순간에 내가 느꼈던 공포는 내 가슴속 깊이 상처로 새겨졌다. 다행히도 얼마 되지 않아 그 상황을 벗어날 수 있었고, 내가 경찰서에 가겠다고 하자, P 씨는 병원비를 주겠다며 돈을 보내고 다시 사과했다. 이 사건을 계기로 나는 P 씨와 완전히 이별했다.

이상화된 이미지와 실제 사람 사이의 괴리를 마주하게 될 때, 우리는 종종 혼란과 실망을 경험하게 된다. P 씨와의 관계가 바로 그런 사례가 되었다. 사랑에 빠졌을 때, 우리가 얼마나 현실에서 벗어나 상대방을 이상화할 수 있는지를 깊이 깨달았다. 오랜 시간 동안의 짝사랑이 실제 만남으로 이어졌을 때, 그 감정의 변화는 더 극적이었다. 우리는 사랑에 빠져 상대방의 결점을 보지 못하고 오직 장점만을 부각하며 상대를 현실보다 더 높은 곳에 두는 경향이 있다. 그리고 감정과 직감을 무시하는 실수를 범하기 쉽다. 하지만 내 경험에서도 보듯, P 씨와의 관계를 종료하기로 한 결정은 내 직감을 신뢰하고 행동한 결과였으며, 이는 나중에 올바른 선택이었다는 것을 확실히 알게 되었다.

우리가 사랑에 빠질 때 우리의 시선이 얼마나 혼란스러워질 수 있는지를 이해하는 것은 매우 중요하다. 진정한 사랑은 상대방을 이해하고, 서로의 개성을 존중하며 자유롭게 해 주는 관계이다. 반면, 집착은 상대방을 소유하려 하고, 과거에 얽매여 서로의 성장을 방해한다. P 씨의 행동이 처음에는 사랑의 깊이를 보여주는 것처럼 보였지만, 시간이 지나면서 그것이 집착의 형태로 변질되었음을 알게 되었다. 과거 내가 그를 거절한 이유가 있었던 것이고, 그 직감을 무시한 것에 후회가 남았다.

집착과 사랑 사이의 차이는 분명하다. 사랑은 상대방을 존중하고, 과거를 포용하며, 서로의 개별적인 삶을 지지한다. 반면에 집착은 상대방에게 자신의 불안과 요구를 강요하며, 과거를 끊임없이 들추어내려고 한다. 이러한 차이를 깨달으면서 인간관계에서 보다 건강한 기준을 세우고, 사랑이 무엇인지를 명확히 볼 수 있는 눈을 가지게 되었다. 나 자신과의 관계를 더욱 성숙하게 발전시키며, 자신의 감정과 직감을 신뢰하고, 그것을 통해 올바른 결정을 내릴 수 있어야 한다.

24

삶은 무엇이며,
왜 살아야 하는 것일까?

나는 두 번째 삶을 시작한 순간부터 종종 '삶은 무엇이며, 왜 살아야 하는 것일까?'라는 의문을 품어 왔다. 주어진 역할을 다 해내며 열심히 살았고, 치열하게 경쟁해 왔지만, 막상 나는 내가 원하는 것이 무엇인지 모른 채로 살아왔다. 나는 내가 어떤 존재인지, 어떤 사랑을 받고 있는지에 대한 답을 찾지 못했다. 삶을 살아가면서 피할 수 없는 두려움과 마주해야 했고, 이제야 나는 필연적으로 나 자신을 탐구하기 시작했다. 나를 응원해 주는 가족과 친구들이 생각보다 많다는 것에 감사함을 느끼며, 나보다 더 힘든 처지에 있는 이들을 위해 더 많은 사랑을 베풀 기회를 주신 것이라고 생각한다.

한 살 연하의 남자 친구 L 씨, 쌍둥이, P 씨, 그리고 그동안 그들과 함께한 모든 순간은 나에게 소중하고 잊지 못할 추억으로 남을 것이다. 어렸을 적 우리는 아무 생각 없이 함께 놀고 친하게 지냈지만, 세월이 흐르면서 서로의 가치관과 생각이 달라져 각자의 길로 떠났다. 삶에는 스쳐 지나가는 사람들이 있지만, 그들은 단지 잠깐의 존재일지라도 우리에게 큰 영향을 끼치곤 한다.

스쳐 간 인연은 마치 무심코 지나가는 바람과 같다. 우리는 그 순간을 간직하지만, 다시는 볼 수 없다는 것을 안다. 그들이 남긴 흔적은 영원히 우리의 삶 속에 남아, 시간이 지나도 잊히지 않는 소중한 기억이 된다.

이별은 새로운 시작이기도 하다. 우리가 함께한 시간은 사라지지 않고, 추억으로 남아 우리를 더욱 성숙하게 만든다. 이제는 서로를 소중히 기억한 채로 새로운 길을 걸어가야 한다. 스쳐 간 인연은 언제나 우리에게 무언가를 가르쳐 준다. 그들이 주는 가르침은 때로는 직접적이고 명확하지만, 때로는 감정적인 영향을 주며 우리의 성장과 우리에게 깨달음을 안겨준다. 그들은 새로운 시각을 제시하거나 우리의 가치관을 다시 생각하게 만들기도 한다.

하지만 스쳐 간 인연은 가끔 아픔을 동반하기도 한다. 우리는 그들이 떠나는 것을 겸허히 받아들여야 한다. 이별의 아픔이 마음을 짓누르지만, 그들이 남긴 흔적은 우리의 삶을 더욱 풍요롭게 만들어 줄 것이다. 그들과의 만남과 이별을 통해 우리는 더 많은 것을 배우고, 성장할 수 있다. 스쳐 간 인연은 우리 삶의 일부분이지만, 그들은 우리를 영원히 변화시킨다. 함께한 모든 순간을 감사하며, 스쳐 간 인연들에 고마움을 표하고 이제는 안녕이라고 인사하고 싶다. 오랫동안 나를 지지하고 응원해 준 그 사랑에 깊이 감사하다. 하지만 우리는 서로의 성장과 발전을 위해 다른 길을 걸어간다.

문득, 많은 일을 겪으면서 실망하고 성취하고, 다시 쓰러졌다가 다시 일어나는 일련의 과정을 겪는 동안, 이제 나는 고스란히 행복하다는 감정을 느끼고 있다. 주위에 좋은 사람들이 많아 행복한 것도 있지만, 나를 감정적으로 힘들게 만들던 사람들이 더 이상 내 곁에 없다는 것이 큰 행복으로 다가온다.

'고통이 지나간 자리엔 꽃이 핀다.'

이제 나의 삶에도 꽃이 피어나고 있다. 그 꽃들은 단순히 아름다움만을 상징하는 것이 아니라, 내가 견뎌온 고통과 어려움을 딛고 일어섰다는 증거이기도 하다. 나는 이제 더 강해졌고, 그만큼 더 많은 것들을 받아들일 준비가 되어 있다.

행복이란 단순히 좋은 일들만으로 이루어지는 것이 아니라, 어려움 속에서도 포기하지 않고 앞으로 나아가는 과정에서 만들어진다. 나를 힘들게 했던 시간 덕분에 나는 더욱 단단해졌고, 그로 인해 지금의 행복을 더 깊이 느낄 수 있게 되었다. 이제 나는 나의 이야기를 통해 다른 사람들에게도 희망을 주고 싶다. 누구나 고통과 어려움을 겪지만, 그것을 이겨내고 나면 반드시 그 자리에 꽃이 핀다는 것을 알려주고 싶다. 우리의 인생은 그런 꽃들로 가득 채워질 수 있다. 우리는 모두 그럴 자격이 있다.

그래서 오늘도 나는 내 앞에 놓인 길을 걸어가며, 새로운 꽃들이 피어날 순간을 기대한다. 앞으로 어떤 어려움이 닥치더라도 나는 다시 일어설 것이고, 그 자리에 또 다른 꽃이 피어날 것을 믿는다. 이 믿음이 나를 앞으로 나아가게 하는 원동력이다. 삶의 모든 순간을 소중히 여기며, 나는 앞으로도 나 자신을 위해 그리고 나의 이야기가 필요한 사람들을 위해 계속해서 꽃을 피워나갈 것이다.

Part
4

극복
당당하게 한 발씩 나아갑니다

25

나는
절뚝이 언니입니다

신기하게도 24살에 늦게 들어간 대학교에 동갑내기 친구가 세 명이나 더 있었다. 그래서 우리는 '닭띠 모임'이라는 그룹을 만들어 즐거운 학교생활을 시작할 수 있었다. 하지만 그곳에는 나를 싫어하는 C 양이라는 동생도 있었다. 그녀는 다른 동생들보다 한 살이 많았고, 모든 사람의 관심과 사랑을 받기 위해 무척이나 애쓰는 친구였다. 그래서인지 몰라도 다른 동생들도 그녀의 관심을 받기 위해 서서히 나와 멀어지게 되었다. 그녀는 나와 마주치면 쌩하고 나를 무시하고 지나쳤지만, 주변에 다른 동생들이 있을 땐, 가식적인 태도를 보였다.

"(갑자기 달려오며) 어머! 언니~! 안녕하세요. 잘 지내시죠?"

그런 그녀의 행동들이 가만히 있던 나를 더 불편하게 만들었다.

어느 날, 그녀가 내게 페이스북 친구 요청을 했다. 솔직히 썩 내키진 않았지만, 거절할 이유가 딱히 없어서 우리는 SNS 친구가 되었다. 그러던 중, 우연히 그녀의 SNS에서 나를 '절뚝이 언니'라고 칭하며 너무 싫다고 친구들과 험담하는 댓글을 발견하게 되었다. 그 순간, 내 가슴은 뭔가 '푹'하고 찔린 듯 고통스러웠다.

'살면서 이런 상처를 받는 사람이 얼마나 될까?'
'혹시 다른 친구들도 나를 그렇게 생각하지는 않을까?'

그날은 너무 화가 나서 하루 종일 말문이 막혀버렸다. 평소에도 눈물이 많은 나였지만, 그날은 너무 화가 나서 눈물조차 나오지 않았다. 그녀가 공개적으로 나를 저격한 것이 괘씸하고, 그 상처는 쉽게 아물지 않았다.

'왜 그렇게 나를 싫어하지?
내가 뭘 잘못했다고?'

나를 모르는 사람들과 나를 안줏거리 삼아 공개적으로 떠드는 모습이 불쾌하고 몹시 힘들었다. 아무리 머릿속을 뒤져봐도 내가 그녀에게 잘못한 일은 없었다. 아마도 그녀는 동생들의 관심이 조금이라도 나에게 쏠리는 것이 싫었던 것 같다. 험담할 누군가가 필요했는데, 그 친구가 보기에 나를 적임자라고 생각했던 것 같다. 하지만 그때 내가 할 수 있는 것은 아무것도 없었다.

등교하기 전에 같은 아파트에 사는 닭띠 모임의 친구를 만났다. 나는 내게 일어난 불쾌한 상황을 설명했고, 그도 함께 분노하며 나를 위로해 주었다. 친구들에게 털어놓으며 분노를 나누면서 나는 깨달았다. 이유 없이 내 존재를 싫어하는 사람도 있지만, 반대로 아무 대가 없이 나를 좋아해 주는 사람들도 많다는 것을. 그래서 나는 나를 싫어하는 사람의 존재를 그냥 무시하기로 했다.

'나를 싫어하는 사람은 내가 무슨 짓을 해도 나를 싫어할 것이다. 그냥 그렇게 두자.'

생각을 정리하고 나서 나를 소중히 여기는 친구들에게만 집중하겠다고 다짐했다.

그 사건은 그렇게 끝난 줄 알았다. 나뿐만 아니라 다른 동생들도 그녀의 댓글을 봤지만, 내가 상처받을까 봐 걱정되어 그 내용을 내게 전달하진 않았다. 나는 더 이상 무례하고 가식적인 그녀에게 반응하지 않았다. 그러다 보니 그녀도 자신이 한 짓을 내가 알고 있다는 것을 알게 되었고, 결국 그 글을 급히 삭제했다. 그 후 이 사건은 학교 친구들 모두에게 알려졌다.

'조금의 미안함이라도 있었던 걸까?'

C 양은 동생들에게 내 번호를 물어보며 사과하고 싶어 하는 듯했지만, 나는 나를 상처 준 사람과는 더 이상 상종 하고 싶지 않았다. 또 어떤 상처가 다시 내게 오지 않을까? 두렵기도 했다. 나와 같은 생각이었던 동생들은 그녀에게 내 번호를 알려주지 않았다. 그러나 나는 그녀의 집착에 못 이기는 척하고, 아는 동생에게 번호를 부탁해 전화를 걸었다.

"(통명한 목소리로) 난데, 나한테 할 말이 뭔데?"

"(짜증 섞인 목소리로) 언니, L 군한테 그 얘길 왜 하세요?"

L 군은 우리 과에서 가장 인기 많은 남자 후배였다. 당 연히 그 이야기가 누군가에 의해 그의 귀에도 들어갔고, 그녀는 그가 자신을 혹여라도 나쁘게 생각할까 봐 걱정은 했지만, 나에 대한 미안한 감정은 없는 듯했다. 사과하기 는커녕 왜 그런 얘기가 퍼지냐며 오히려 따져 물었다.

"(당황하고 화가 난 목소리로) 넌, 나한테 안 미안해? 미안 한 게 없어? 넌, 지금 그게 중요해? 너, 진짜 못됐다."

"제가요? 왜요? 저 언니한테 미안한 거 없는데요? 아무튼 왜 소문을 내서 저를 욕 먹이세요?"

"뭐?! 그래. 무슨 말인지 알겠으니까, 그만 끊자."

C 양은 나에게 하나도 미안한 게 없다며 당당하게 응수했다. 더 이상 대화가 되지 않을 것 같은 직감이 들었다. 더 이상 대화할 가치가 없다고 느껴져 전화를 끊었다. 그 후에도 나는 그 일로 인해 마음속에 남은 상처를 치유하기 위해 나를 소중히 여기는 친구들에게 더 집중하게 되었다. 결국, 나를 싫어하는 사람의 존재는 나의 삶에 큰 영향을 미치지 못하리라는 것을 알게 되었다.

아프고 나서, 다리가 불편한 것이 내 약점이 되었다. 그 약점이 타인에게는 아무렇지 않게 떠들고 다니는 안줏거리가 될 수 있다는 사실을 그때 처음 알았다. 내 상황이 아무리 힘들고 안 좋다 하더라도, 그것을 부정적으로 바라보는 사람에게 상처를 받을 필요는 없다는 것을 깨달았다.

'상한 우유인 걸 알고도 마시는 사람은 없다.'

타인에게 무심히 상처를 주고, 본인만 편한 삶을 살려는 사람은 이제 더 이상 내 곁에 두고 싶지 않았다. 나는 단지 '나만 떳떳하고 잘 살면 되는 것'이라는 평범한 결론에 이르렀다.

그 사건 이후, 나는 나를 챙겨준 동생들과 더 가까워지고 친해졌다. 특히 R 양은 나와 함께 C 양과 맞서 싸워주며, 마치 제 일인 것처럼 화를 내어주었다. 혹시라도 그녀가 나에게 해코지할까 봐, 쉬는 시간마다 내 옆을 지켜주던 그녀는 정말 든든한 동생이었다. 또한, 언니를 걱정하며 다가와 위로해 준 동생들과도 좋은 친구가 되었다. 학교 동생들 외에도 친구들에게 털어놓으며 분노를 함께 나누었다. 친구들은 C 양이 어떻게 생겼는지 궁금하다며 학교에 찾아오겠다고 했다. 그들이 나를 생각하는 마음이 정말 고마웠다.

이번 일로 이유 없이 내 존재 자체를 싫어하는 사람도 있지만, 반대로 아무 대가 없이 나를 좋아해 주는 사람들도 많다는 사실을 깨달았다. 그래서 나는 나를 싫어하는 사람의 존재를 무시하기로 했다. 내게 좋은 영향을 주고 나를 소중히 여기는 친구들에게만 집중하기로 마음먹었다. 친구들의 응원 덕분에 나는 더 이상 주눅 들지 않고 미소를 되찾을 수 있었다. 또한, 나를 생각해 주는 내 편이 훨씬 많다는 사실을 알게 되었다. 마음을 상하게 했던 일이었지만, 그만큼 내가 얻은 것들이 더 많았다. 나는 앞으로 내 주변에 부정적이고 못된 사람을 곁에 두지 않을 것이다. 그것이 내가 상처를 덜 받는 법이라는 것을 이제는 확실히 알게 되었다. 내 삶은 소중하고, 나를 아끼는 친구들과 함께라면 어떤 어려움도 이겨낼 수 있을 것 같은 믿음이 생겼다.

극복 : 당당하게 한 발씩 나아갑니다

26

서영 학생,
공무원 준비해 보는 거 어때?

    뇌출혈로 쓰러진 이후, 고등학생 때부터 준비하던 미대 입시를 포기해야 했다. 그 후, 내 성적에 맞춰 미대와 전혀 상관없는 전공을 선택하게 되었다. 학교 수업을 마친 평범한 어느 날, 학과장님께서 나를 불렀다.

    "(문을 조심히 닫으며) 안녕하세요. 교수님. 저를 부르셨다고 하셔서요."

    "(일을 멈추고 고개를 들며) 아. 어서 와요. 음. 여기 의자에 앉아요."

    "(가볍게 목례하며) 네. 교수님"

    "서영 학생, 공무원 준비해 보는 거 어때?"

    "공무원이요?"

"안정적이고, 서영 학생이 하면 잘할 것 같아. 한번 알아보고 공부해 봐."

공무원? 그건 일생 내 머릿속에 한 번도 떠오르지 않았던 직업이었다.

'내가 할 수 있을까?'

특별한 직업을 고민하지 않았던 내게 졸업을 앞둔 시점에서 새로운 진로를 고민해야 한다는 사실은 무겁게 다가왔다. 안정적인 직장, 좋은 복지 혜택, 그리고 사회적인 인식까지, 여러모로 나에게 최적의 선택처럼 보였다. 나도 점차 그 길에 관심을 가지게 되었다.

학과장님의 말씀이 내 마음속에 작은 불씨를 지폈다. 공무원이 되려면 어떻게 공부해야 하는지 알아보기 시작했고, 공무원을 준비하는 친구 J 양과도 만나서 의논했다. 안정적인 삶을 추구하는 나의 성격답게 나는 망설임 없이 그 길로 들어섰다. 그녀는 내게 가산점을 받을 수 있는 자격증을 따라고 권했다. 방학을 활용해 컴퓨터 활용 능력을 땄고, 다음 학기에는 산업기사 자격증을 고득점으로 취득했다. 그렇게 가산점을 받을 수 있는 조건을 모두 갖추고, 서류상이지만 공무원이라는 꿈을 향한 준비를 마쳤다. 그러던 중 그녀가 먼저 2018년 하반기 추가 채용으로 공무원으로 합격했다. 나는 누구보다 먼저 붙은 친구를 진심으로 축하해주었다. 이제 내 곁에는 든든한 현직 공무원 친구가 생긴 것이다.

"너 어느 사이트에서 인터넷 강의 듣고 공부했어? 나도 너처럼 빨리 붙고 싶어. 추천해 줘."

그녀는 자신에게 도움이 되었던 '인강(인터넷 강의의 준말)' 선생님을 추천해 줬고, 공무원 준비를 하다 보면 책값이 장난이 아니게 많이 든다며, 자신이 갖고 있던 모든 수험서를 무상으로 제공해 주겠다고 했다. 그녀의 든든한 지원 덕분에 나는 마음이 풍족해졌고, '다음 합격은 나!'라는 근거 없는 자신감 마저 생겼다.

대학 졸업 후, 그녀가 준 책과 인강으로 본격적인 공무원 준비에 들어갔다. 생각보다 인강을 듣는 것이 재미있었고, 새로운 지식을 쌓는 일이 즐거웠다. 하지만 동시에 다섯 과목을 한꺼번에 공부해야 한다는 부담감이 컸다. J 양뿐만 아니라, 중간중간에 공부는 잘하고 있냐고 밥을 사주러 와준 친구들도 많았다. 그들의 따뜻한 격려가 담긴 응원을 받을 때마다 더 열심히 해야겠다는 마음가짐을 다질 수 있었다. 그런데 중간중간 점수가 너무 안 나와서 '이거 되는 게 맞나? 떨어지면 1년 또 해야 하는데, 떨어지면 어떡하지?' 하는 불안감이 나를 엄습했다. 공시 준비를 하다 보면 시간이 정말 빠르게 흘러간다. 얼마 전까지 분명 1월이었는데, 금세 6월이 되어 있었다.

2019년 6월에 서울에서 시험을 치르고 친구들과 홍대입구에서 만나 밥을 먹었다. 밥을 먹고 나오는데, 우연히 연예인 유노윤호를 봤다.

'시험 본 날 연예인을 봤네?
이거 합격 시그널 아니야?'

합격자 발표가 나기 전까지 못 만났던 친구들과의 소중한 시간을 보내고, 해외여행도 다녀오며 6개월 동안 쌓인 공부 스트레스를 해소할 수 있었다. 공시 공부를 하던 시절과는 다르게 합격 발표일은 유독 더디게 다가왔다. 드디어 합격 발표 날이 밝았다. 나는 설레는 마음에 9시 전에 눈을 떴고, 거실에는 엄마와 남동생이 있었다. 침대에 누워 핸드폰으로 필기 합격 사이트에 접속했을 때, 화면에 내 이름이 보이는 순간 나는 정말 믿기지 않았다. 나는 거실로 뛰어나가 엄마와 동생에게 소리쳤다.

"(다급한 목소리로) 엄마! 엄마! 나, 오늘 필기 합격자 발표 났는데, 나! 필기 합격했어! 믿기지 않아!"

"(엄마가 자리에서 벌떡 일어서며) 정말?! 어머! 이게 무슨 일이야."

"(동생이 환한 미소를 지으며) 누나! 정말 정말! 진짜 진짜!

축하해!"

"다들 고마워. 모두 우리 가족 덕분이야."

우리의 기쁨이 한데 모여, 우리는 서로를 껴안고 방방 뛰었다. 그 순간, 세상이 다 내 것이 된 듯한 행복이 밀려왔다. 곧바로 아빠에게 전화해 필기 합격 사실을 전하니, 아빠는 합격자 발표가 자정인 줄 알았다며, 밤새 잠도 못 자고 걱정하셨다고 했다. 나를 위해 항상 기도해 주시는 할머니도 소식을 듣고 너무 좋아하셨다. 아직 최종 합격은 아니었지만, 부모님께 효도한 느낌이 들어 기분이 날아갈 것 같았다.

공시 준비에 많은 도움을 줬던 친구에게 바로 전화해 필기 합격 소식을 전했다. 그는 내게 어서 면접 준비를 하라고 조언해 주었다. 필기 합격의 기쁨은 잠시, 나는 곧바로 '면접 스터디'에 참여했다. 첫 면접 도전이었기에, 그곳에서 내가 가장 부족한 사람이라는 사실을 깨달았다. 스터디만으로는 부족하다고 판단해서 집에 돌아오자마자 아빠와 함께 면접 연습을 했다. 아빠의 엄격한 압박 면접 방식은 처음에는 내 자신감을 떨어뜨리고 불안감을 증가시켜 자존감마저 낮아지게 했다. 그러나 한 번의 큰 울음을 터뜨린 후, 아빠에게서 '사랑하는 내 딸에게'라는 제목의 메시지를 받았다.

> **사랑하는 내 딸에게**
>
> 아빠가 너무 다그쳐서 우리 딸 자신감이 떨어진 게
> 아닌가 미안해.
> 너무 부담 갖지 말라고 해도 부담은 느낄 거야.
> 하지만 아빠는 지금도 우리 딸이 무척 자랑스러워.
> 이왕 하는 거 재미있게 즐기면서 했으면 해.
> 아빠 전화기에서 나오는 노랫말 '걱정 말아요. 그대.'처럼.
> 열심히 그리고 최선을 다한다면 좋은 결과가
> 나오지 않을까?
> 딸! 재미있게 놀 듯이 함께 하자. 알았지!?
>
> p.s. 이 세상에서 배서영을 제일 사랑하는 남자가

아빠의 사랑이 듬뿍 담긴 글 덕분에, 나는 금방 내 자신감과 자존감을 되찾을 수 있었다. '면접 스터디'와 아빠와의 집중적인 연습 끝에, 동생의 생일이었던 2019년 9월 26일에 나는 마침내 최종 합격 소식을 받게 되었다. 많은 사람들의 축하를 받으면서, 합격했다는 사실도 너무 좋았지만, 무엇보다 다시 공시 준비를 하지 않아도 된다는 것이 가장 기뻤다. 엄마와 함께 발령 전 유럽 여행 비행기 티켓도 끊었다.

'나, 이렇게 행복해도 되나?'

지금은 내 인생 최고의 순간이었다. 합격 소식은 나에게 큰 기쁨이었지만, 동시에 공무원으로서의 책임과 업무에 대한 진지한 생각이 다가왔다. 앞으로는 새로운 도전과 책임이 기다리고 있었다. 그동안 공부하고 준비한 만큼, 이제는 실전에서도 최선을 다해야 한다는 다짐이 필요했다. 공무원으로서의 자질뿐 아니라 인간적인 가치도 함께 발전시켜야 한다는 생각이 들었다.

이 모든 것을 함께할 수 있는 것은 가족과 친구들의 지지와 응원 덕분이었다. 그들과 함께한 시간은 나에게 큰 힘이 되었고, 이제는 그 힘을 다시 돌려주는 순간이라고 생각한다. 앞으로의 새로운 시작을 위해 긍정적인 마음가짐으로 나아가며, 새로운 도약을 위해 단단히 준비할 것이다. 이 모든 여정이 나를 더욱 성장시키고, 더 나은 내가 되게 한다.

27

나는 서른이 되면
자연스럽게 어른이 될 줄 알았어

공무원 시험을 준비하는 동안 수없이 포기하고 싶은 생각이 들었지만, 참고 참아 끝까지 버텨냈다. 기나긴 싸움 끝에 합격증을 손에 쥐었을 때는 벅찬 감격과 함께 이제는 정말 내가 원하는 자유를 누리고 싶다는 생각이 들었다.

"엄마, 파리와 스위스로 여행 다녀올래?"

"진짜? 가보고 싶긴 한데……. 우리가 잘 다닐 수 있을까?"

"응! 단체 투어 말고, 우리만의 속도로 천천히 다니면 돼. 하루에 한 곳만 정해서 가고, 피곤하면 그냥 숙소에서 쉬면 되잖아."

"그럼, 파리에서는 어디 가볼 거야?"

"에펠탑은 꼭 가야지! 그리고 오르세 미술관도 가보고

싶어. 스위스에서는 자연을 실컷 보고 싶어."

"좋지! 천천히, 우리 스타일대로 여행해 보자."

설레는 마음으로 여행 계획을 세우면서도, 나는 욕심을 부리지 않기로 했다. 가고 싶은 곳은 많았지만, 내 몸이 감당할 수 있는 속도로 여행하는 것이 더 중요했다. 그래서 하루에 한 곳만 정해 우리만의 방식으로 충분히 즐기기로 했다. 빠듯한 일정에 쫓기는 대신, 피곤하면 언제든 숙소로 돌아와 쉴 수 있는 자유. 그것이야말로 진짜 '나만의 여행'이었다.

내가 되고 싶은 어른의 모습을 그리며, 서울시 공무원 시험에 합격한 나는 엄마와 함께 프랑스와 스위스로 생애 첫 유럽 여행을 떠났다. 단체 투어가 아닌, 2:1 투어를 신청해 나의 속도에 맞춰 에펠탑을 보고, 오르세 미술관의 작품을 감상하며 여행의 순간을 온전히 느꼈다. 빠르게 움직이진 못해도, 그만큼 더 깊이 보고, 더 오래 기억할 수 있었다. 그리고 마침내, 파리의 거리를 거닐며 마음속 깊은 곳에서 울려 퍼지는 생각은 단 하나였다.

'공무원 시험에 합격해 유럽에 있다니,
정말 행복하다.'

유럽 사람들이 불친절하다는 이야기를 많이 들어서인

지, 여행을 떠나기 전부터 약간의 경계를 하고 있었다. 낯선 환경에서 낯선 사람들을 마주하는 일이 조금은 두려웠다. 하지만 막상 첫 유럽 여행에서 만난 사람들은 예상과 달랐다.

한 번은 엄마와 함께 무거운 캐리어를 끌고 길을 걷고 있을 때였다. 한 외국 남성이 우리에게 다가오는 순간, 나는 본능적으로 흠칫 놀라며 몸을 움츠렸다. 하지만 그는 그저 우리의 짐을 들어주려는 친절한 사람이었을 뿐이었다. 경계했던 내가 오히려 민망할 정도로 그는 자연스럽고 선한 미소를 지으며 도움을 건넸다. 그 작은 친절 덕분에 낯선 여행지에서 느꼈던 불안감이 눈 녹듯 사라졌다. 예상과 다른 따뜻한 만남이 여행의 설렘을 더욱 키웠고, '이제 남은 일정도 즐겁게 흘러가겠구나.'하는 기대감이 가슴속에 차올랐다. 또 여행 중에 만난 한국 사람들은 내 사연을 듣고, 내게 고맙고 소중한 말을 아낌없이 해 주었다.

"공무원 되는 거 대단한 거 아니에요? 축하해요!"

만나는 사람마다 따뜻한 축하의 말을 건네주었다. 사진으로만 보던 에펠탑은 매일 바라봐도 질리지 않았다. 하루에 한 번씩 에펠탑을 바라보며 새로운 꿈을 꾸는 시간이 나를 더욱 설레게 했다.

'내가 사회에서 제 역할을 해낼 수 있을까?'

'나는 누구보다 힘든 시기를 견뎌냈으니,

반드시 친절한 공무원이 될 거야.'

프랑스의 파리를 떠나 스위스의 장엄한 자연을 만났다. 광활한 대자연의 아름다움과 엄마와의 소중한 추억. 만난 사람들로부터 받은 긍정의 에너지는 나를 더욱 성장하게 했다. 발령이 나더라도 이러한 좋은 에너지를 주는 공무원이 되리라 마음먹었다.

2020년 하반기로 예정되어 있던 나의 첫 출근은 결원으로 인해 갑작스레 2월로 당겨졌다. 구청에서 이틀 후 출근하라는 연락을 받았을 때, 당황스러웠지만 어쩔 수 없었다. 위생과에서의 첫 근무는 아무런 경험도 없던 나에게 매우 도전적이었다. 하지만 선배 공무원들의 따뜻한 지도로 서서히 적응해 갔다.

'이런 게 사회생활이면 할 만한데?'

바쁘게 돌아가는 코로나 초기 상황 속에서도 선배들과의 긍정적이고 재미있는 업무 환경은 큰 행복과 동기부여가 되었다. 보건소 근무 시절에 멋진 어른들과의 만남은 나에게 큰 행복이었다. 그들은 신규 직원인 나를 격려하기 위해 '서영 씨를 웃겨라!'라는 식으로 직원들 앞에서 누가 더 크게 웃길 수 있는지의 재미난 커피 내기를 하기도 했다. 주임님의 첫 이야기에는 내가 너무 당황해서 크게 웃음을 터뜨렸다.

"어느 날 동물원에서 너구리가 편안히 앉아 쉬고 있었지. 그러나 평화는 오래가지 않았어. 갑자기 판다가 다가와 너구리를 귀찮게 하기 시작했어. 너구리는 호랑이를 찾아가 '호랑이 형님! 판다가 저를 괴롭혀요!' 너구리의 말에 잔뜩 화가 난 호랑이는 판다를 향해 다가가 큰 소리로 말했어. '야! 판다! 우리 너구리 친구를 네가 건드렸어? 건방진 판다! 당장! 안경 벗어!'라고 호통을 쳤어."

직원들은 나와는 달리 차가운 반응을 보였고, 당황한 주임님은 다시 하나 더 해 보겠다고 하셨다. 이번에는 수족관 이야기였다.

"이번엔 수족관에서 오징어가 갈치를 괴롭히는 장면을 목격했어. 갈치는 얼른 상어에게 도움을 요청했지. '상어 형님! 오징어가 저를 괴롭혀요. 저한테 막 잉크를 뿌려요.' 상어는 오징어에게 다가가 말했어. '야! 오징어! 너 우리 갈치 친구를 네가 건드렸어? 건방진 오징어! 당장! 모자 벗어!'라고 명령했지."

나는 O 주임님의 엄청난 상상력에 감탄하며 웃음을 터뜨렸다. 다음은 L 계장님의 차례였다.

"매번 일찍 출근하는 서영 씨가 그날따라 오질 않는 거야. 그래서 당황했지. 그러다 알게 된 사실은 서영 씨가 간부회의에 참석 중이라는 거야. 그래서 물었어, '서영 씨! 서영 씨가 왜 간부회의에 가 있어?' 내가 의아해하자, 서영 씨는 미소를 지으며 대답했지. '아, 저는 5급 이상 간부회의 참석이라 해서 9급인 저도 해당인 줄 알고… 참석해 버렸네요!'"

사무실은 순식간에 세계에서 가장 추운 곳이라는 남극의 '보스토크 기지'가 되어 버렸다. 나는 세 이야기 중 주임님의 판다와 오징어 이야기에 가장 크게 웃었다. 그 웃음은 코로나로 인해 급변하는 업무 환경 속에서도 우리가 서로를 지탱해 줄 수 있는 힘과 용기를 주었다.

서른이 되면 자연스레 어른이 될 것으로 생각했지만, 단순히 나이가 찼다고 해서 모두가 어른으로 거듭나는 것은 아니라는 것을 깨달았다. 참 어른이 되는 것은 자신이 누구인지를 이해하고, 자기 자신을 사랑하는 법을 아는 것에서 시작한다고 믿게 되었다.

특히 그런 면에서 R 계장님은 인상적이었다. 그는 자신이 무엇을 할 때 가장 행복한지를 잘 알고, 그런 행복을 추구하는 취미를 가지고 계셨다. 내가 만난 어른 중에서도 자기 자신을 진심으로 사랑하고 존중할 줄 아는 분이었다. 다른 계장님 역시 아버지처럼 나를 아끼며 따뜻하게 대해 주셨다.

"항상 모든 사람이 좋아하는 서영 씨도 즐거운 하루 보내시고, 언제든지 맛있는 음식을 먹고 싶으면 얘기해요. 항상 사줄 준비가 돼 있어."

계장님은 항상 따뜻한 말씀을 하시면서, 가족 같은 분위기를 제공해 주셨다. 나는 내가 되고 싶은 어른의 모습을 더욱 확고히 할 수 있었다. 그 어른은 어떤 상황에서도 긍정적인 에너지로 가득 차 있으며, 변화무쌍한 환경 속에서도 흔들리지 않는 강인함을 지닌 사람이다. 나는 주변 사람들에게 긍정적인 영향을 미칠 수 있는 사람이 되고 싶다.

내가 꿈꾸는 어른의 모습은 힘든 순간에도 웃음을 잃지 않고, 작은 것에도 감사하며, 주변의 사람들에게 따뜻한 위로와 격려를 전하는 사람이다. 긍정의 에너지를 발산하며, 어려운 시기에 희망의 불꽃을 지피는 그런 존재가 되고 싶다.

나는 코로나 팬데믹이라는 전례 없는 상황 속에서도 나의 길을 밝고 확고히 나아갈 수 있다는 희망을 느꼈다. 주변 사람들에게도 이 에너지가 전해져서 함께 웃고 함께 성장할 수 있는 그런 어른이 되기 위해 계속해서 나아갈 것이다.

28

주임님,
다시 결재 올리세요

　서울시 공무원으로 근무하며 매일 20명 이상의 민원인을 상대하는 일은 결코 쉬운 일이 아니었다. 바쁜 하루하루 속에서 가끔은 화장실조차 갈 수 없을 정도로 정신없이 지내야 했다. 업무의 부담감은 말로 표현할 수 없을 만큼 커서 가슴 속에 쌓인 스트레스가 무겁게 느껴지기도 했다.

　그러던 어느 12월 말에 한 민원인이 식당 영업 변경 신고를 위해 보건소에 방문했다. 그 순간에 나는 그저 빠르게 처리해 주고 싶은 마음이 앞섰지만, 민원인의 입장을 고려해서 최선의 조언을 해 주기로 마음먹었다.

　"선생님, 지금 변경 신고를 하시면 면허세가 부과됩니다. 며칠 후에는 새해가 시작되므로 다시 면허세를 내셔야 해요. 그러면 불필요하게 두 번 세금을 내게 되니, 조금만 기다리셔서 1월에 변경 신고를 하시면 한 번만 내시면 됩니다."

민원인께서는 자신의 경제적인 부담을 덜어준 것에 대해 진심으로 고마움을 표했다. 나는 그 순간 사람들에게 조금이라도 도움이 될 수 있다는 것에 큰 뿌듯함을 느꼈다. 공무원으로서의 첫걸음을 내디딘 나에게 민원인들의 영업 신고 처리와 응대는 단순한 업무가 아니었다. 실질적인 도움을 제공하는 과정에서 큰 만족감과 자신감을 얻는 소중한 경험이었다. 이러한 직접적인 상호작용을 통해 나는 사회 구성원으로서의 책임감과 나의 역할이 가져다주는 긍정적인 영향력을 깊이 인식하게 되었다.

하지만 공무원 생활은 처음 내가 상상했던 것과는 많이 달랐다. 단순히 구청이나 주민센터에서 서류를 처리하는 정도로 생각했던 업무는 실제로는 훨씬 더 전문적인 지식과 깊은 이해를 요구했다. A에 관한 질문에 답하려면 A를 공부해야 하고, 이내 B와 C로 이어지는 연속된 문의 사항들은 끊임없는 공부와 성장을 요구했다. 6개월의 시보 기간을 거쳐 본격적으로 업무를 맡게 되었을 때, 나에게 할당된 '행정심판' 업무는 처음엔 벅찬 도전이었다. 복잡한 법 용어와 두툼한 자료들이 내 책상을 가득 메웠고, 주말에도 출근해야 하는 날이 잦아졌다.

극복 : 당당하게 한 발씩 나아갑니다

임용된 후 6개월이 지났지만, 시보를 떼고 처음 맡은 행정심판 업무에 대한 이해도가 부족했고, 타 부서와의 협조가 필요한 상황에서 어려움을 겪었다. 아무리 관련 자료를 봐도 이해가 어렵고 해서 필요한 도움을 요청했지만, 타 부서의 동료 중 일부는 불친절한 태도로 응했다.

"주임님, 다시 결재 올리세요. 주임님처럼 이해를 못 하시고 결재 서류 빠트리는 분은 처음 봅니다."

그녀의 날카로운 말은 내가 열심히 하고 있음에도 불구하고, 내 노력이 부족하다는 것을 일깨워 주었다. 나도 나 스스로가 너무 답답했다.

'내가 저렇게 비난받을 만큼 일을 못 하나?'

자책이 밀려왔다. L 계장님께 도움을 요청하러 간 나는 상황을 설명하다가 참았던 눈물이 터졌다. 그 순간에 부끄럽기도 했지만, 내 마음의 짐이 조금은 가벼워졌다. 계장님께서 빠트린 부분을 짚어주신 덕분에 다시 제대로 기안문을 올려 결재를 받을 수 있었다. 나는 나중에 누군가와 협업할 때, 상대방이 잘 모르더라도 기분을 상하지 않게 잘 설명해 줘야겠다고 다짐하게 되었다. 내가 겪었던 어려움이 누군가에게는 더 큰 상처가 되지 않도록 따뜻한 마음으로 소통하는 공무원이 되기로 결심했다.

어느 여름날, 나는 사수 주임님과 함께 서울행정법원으로 출장을 가게 되었다. 무더위가 기승을 부리는 날이었고, 전철을 세 번이나 갈아타며 법원에 도착하는 과정은 쉽지 않았지만, 그 어려운 시기 속에서도 법원 출장은 나에게 중요한 성장의 기회였다. 상대방 업체와의 행정심판을 마치고 돌아오는 길은 피곤함이 가득했지만, 그 과정에서 동료들의 소중한 도움과 지지는 나를 더욱 단단하게 만들었다. 법원 업무는 힘들었지만, 내가 조금씩 성장하고 있다는 것을 실감하며, 그 경험은 내 자신감과 자존감을 한층 높여주었다.

이후 신규 직원을 위한 '멘티-멘토링' 프로그램이 시작되었을 때, 대부분이 꺼렸던 '멘토링' 교육에서 L 계장님은 나를 멘티로 맞아주셨다.

"서영 씨, 준비됐나요? 단단히 각오해야 해요."

계장님의 한마디는 나에게 큰 힘이 되었고, '멘티-멘토링' 기간 동안 보여주신 모습은 내가 꿈꾸던 이상적인 '어른상'이었다. 3개월간의 멘토링 프로그램은 멘티가 공무원 생활에 필요한 것을 배우고, 멘토는 그것을 토대로 보고서를 써야 했다. 계장님께서는 한 달에 한 권씩, 공무원 생활에 도움이 되는 책을 선물해 주시고, 때때로 밥이나 커피를 사주시며 인생의 선배로서 지혜를 나누어 주셨다. 그분의 민원인을 진정시키는 능력과 어려운 업무를 흔쾌히 수행하는 모습을 보고 나는 강인함과 친절함을 겸비한 이상적인 공무원의 모습을 보았다. 같은 부서의 동료에게 퇴근 후 다정하게 떡볶이를 사주시거나, 때때로 맥주 한 잔을 기울이며 보여주는 친근하고 인간적인 면모는 직장 내에서 따뜻한 인간관계를 중요시하는 계장님의 철학이 잘 반영됐다고 할 수 있다. 이러한 멘토링 경험은 공무원으로서의 길을 걷는 데 필요한 실질적인 지침뿐만 아니라, 인간적인 교훈과 지지를 알려주셨다.

계장님은 자신이 어렵고 멀게만 느껴지는 선배일지라도 신뢰와 존중을 바탕으로 한 소통으로 그 거리를 좁힐 수 있음을 보여주셨다. 나는 자신이 맡은 역할의 중요성을 깨닫고, 새로운 도전에 대한 두려움을 극복하는 법을 배웠다. 공무원으로서 나의 업무가 단순한 일상의 반복이 아닌, 사회와 개인에게 긍정적인 변화를 가져다줄 중요한 기회라는 것을 알게 되었다. 이제 나는 더 큰 자신감을 가지고, 앞으로 닥칠 도전을 맞이할 준비를 마쳤다.

29

괜찮으면,
다음에 밥 한번 먹을래요?

입사 초기에 나는 결원으로 인해 갑작스럽게 임용되어 혼자서 쓸쓸하게 임용식을 치렀다. 동기들의 존재가 부러웠고, 동기들의 따뜻한 응원이 그리웠다. 그러나 7월에 '면접 스터디'에서 함께했던 친구가 같은 구청으로 발령받으면서 상황은 달라졌다. 그녀의 합류로 1월에 입사한 동갑내기 친구와도 가까워졌다. 퇴근 후 맛있는 식사와 커피를 곁들인 우리의 첫 만남은 왠지 느낌이 좋았다.

'잘 맞는 친구가 될 것 같다.'

매일 단조로웠던 공무원 생활에 활기가 찾아왔고, 아

침부터 자기 전까지 서로 메시지를 하면서 급속도로 친해졌다. 성향과 가치관이 비슷한 우리는 사회에서 만난 베스트 프렌드가 되었다. 낙엽이 또르르 굴러가도 웃음이 터지는 소녀들처럼, 우리는 셋이 함께라면 별거 아닌 일에도 깔깔대며 웃었다. 마치 고등학교 시절로 돌아간 듯한 편안함이 나를 감쌌다.

나는 친구들의 생일이 다가오기만을 기다리며, 생일 당일에 깜짝 생일 파티를 열어주었다. 친구들의 행복한 모습을 보며 나 역시 큰 기쁨을 느꼈다. 민원인에게 상처받고 우울할 때마다 서로의 위로가 되어 주고, 함께 시간을 보내며 나눈 웃음은 우리 셋에게 잊을 수 없는 추억이 되었다. 이렇게 시작된 따뜻한 우정 속에서 외로울 틈이 없었다.

그러던 중 고등학교 친구 K한테서 연락이 왔다.

"내 남자 친구의 회사 동기인데, 그 오빠가 네 사진을 보고 관심이 있대. 너 소개해 달라는데, 너 남자 소개받을래?"

나는 평소와 달리 궁금증이 일었다. '나, 이번에 남자 소개받을까?' 회사 친구들에게 상황을 공유했고, 그들은 나의 첫 소개팅을 본인의 일처럼 흥미롭게 응원해 주었다.

'혹시 인연이 될 수도 있을까?'

소개팅 당일, 퇴근 후 친구 K와 그녀의 남자 친구, 그리고 J와 우리는 수원의 한 맥줏집에서 처음 만났다. 서울에서 퇴근하고 오느라 늦은 나를 친구 K가 1층으로 마중 나왔다.

"(호흡을 가다듬으며) 안녕. 나 많이 기다렸어?"

"(손사래를 치며) 아니. 아니. 우리도 금방 왔어."

"(계단을 바라보며) 그럼, 올라갈까?"

"(어깨를 축 늘어뜨리며) 어떡해. 좀 전까지 아무렇지 않았는데, 갑자기 떨려서 그냥 이대로 집에 가고 싶어. 분위기 어색하면 어떡하지?"

"(아무렇지 않은 표정으로) 괜찮아. 아님, 인연이 아닌 거지."

나 역시 긴장하고 망설이고 있었다. 첫 만남의 어색함 속에서 우리는 서로의 눈도 못 마주치고 멜랑꼴리한 상태로 대화를 이어갔다. 하지만 K와 그녀의 남자 친구가 어색함을 풀어주기 위해 노력해 주며, 금세 즐거운 시간으로 변모할 수 있었다. J와의 대화는 생각보다 잘 통했고, 그 자리는 정말 즐거웠다. 시계를 보니 벌써 시침이 자정을 가리키고 있었다. 피곤이 몰려오고 하품이 나올 지경이었다. 그렇게 자리를 정리할 때, J는 맥줏집을 나서며 내게 전화번호를 물어보았다.

"괜찮으면, 밥 한번 먹을래요? 연락처 좀 알려주세요."

"네. 전화기 주시면 제가 번호 찍을게요."

J가 그날 나에게 처음 건넨 말이었다. 그 순간, 나는 새로운 인연의 시작을 예감하며 설레는 마음을 감출 수 없었다. 이 모든 경험은 내 삶에 새로운 색깔을 더해주었고, 나에게 있어 따뜻한 온기의 시작이었다. 공무원 생활의 단조로움을 뛰어넘어, 새로운 인연과 우정이 나의 일상에 활력을 불어넣어 주었다. 한편으로는 걱정되는 마음으로 주선자 K에게 물어봤다.

"J가 내가 평범한 사람이랑은 다른데도 괜찮다고 한 거 맞아?"

"응, 네가 걱정하길래 처음 만나기 전부터 상황 설명을 했더니, 그래도 좋다고 해서 주선한 거야. 걱정하지 마."

친구의 대답을 듣고 나는 안심하며, 나는 마침내 사랑에 대한 기대를 품게 되었다. J와의 매일 같이 이어지는 통화는 우리 사이의 거리를 빠르게 좁혔고, 서로에 대한 그리움을 키웠다.

우리의 세 번째 만남은 조금 특별했다. J는 피아노 앞에 앉아 나를 위해 감미로운 선율을 연주했다. 음악이 마침표를 찍는 순간, 그는 나에게 진심 어린 마음을 고백했다.

"30년 동안 정말 내가 좋아하는 사람을 만나기 위해 그동안 아무나 안 만나고 내 눈을 키워왔어. 그런데 서영이가 딱 내 눈앞에 나타난 거야. 너를 만날 수 있어서 행복해."

그의 고백은 마치 오랜 시간을 거슬러 우리가 만날 운

명이었던 것처럼 느껴졌다. J와 나의 관계는 그렇게 시작되어, 매 순간이 새롭고 설레는 시간으로 가득 찼다. 우리는 함께 여행을 가기도 하고, 서로의 취미를 공유하며 더 많은 시간을 함께 보냈다. 운전을 잘 못하던 J는 퇴근 후 차를 빌려 운전 연습을 틈틈이 하며 나에게 새로운 세상을 보여주었고, 나는 그의 삶에 따뜻함을 더해주었다. 우리의 관계는 단순한 연인을 넘어 서로의 삶에 깊이 스며들었다.

사랑은 예상치 못한 순간에 찾아와 우리의 일상에 큰 변화를 가져다주었다. J와의 만남은 내게 사랑이란 무엇인지, 진심으로 누군가를 아끼고 그 사람의 행복을 바라는 마음이 어떤 것인지를 깨닫게 해 주었다. 나는 이제 J와 함께라면 어떤 어려움도 함께 극복할 수 있을 것이라는 확신을 가지게 되었다. 때로는 인생에서 가장 아름다운 순간들이 가장 예상치 못한 방식으로 우리 앞에 나타난다는 것을, J와 나의 만남이 증명하듯이. 우리는 서로를 발견함으로써, 삶의 진정한 의미와 사랑 삶의 진정한 의미와 사랑의 가치를 깨달았고, 앞으로도 계속해서 서로의 행복을 위해 함께 걸어갈 것이다.

30

우리 이번 주에
고기 먹으러 갈까?

내 삶에 J가 들어온 이후, 나는 그의 존재가 얼마나 소
중한지를 매일매일 느끼며 우리의 관계를 더욱 깊고 의미
있는 것으로 만들기 위해 노력했다. 가장 친한 친구들에게
J를 소개한 날은 특별했다. J의 서른 번째 생일에 우리는
함께 장어를 구워 먹고, 달콤한 케이크를 나누며 축하해
주었던 그 순간은 잊지 못할 추억으로 남았다. J는 내 회사
친구들과 내 소중한 동생에게도 마음을 열어주었고, 동생
에게도 나를 대하는 것처럼 따뜻하고 친근하게 대해주었
다. 그의 이러한 모습에 나는 진심으로 고마움을 느꼈다.

우리의 관계는 매주 서로의 얼굴을 보며 더욱 깊어졌
다. 하지만 J가 갑작스럽게 미국 출장을 가게 되었을 때,

우리는 처음으로 중요한 날을 함께하지 못하는 상황에 직면했다. 그가 없는 가운데 맞이한 내 첫 생일은 섭섭함으로 가득 차 있었다. 그럼에도 불구하고 J가 일 때문에 떠났다는 사실을 이해하고 그가 돌아오기를 애타게 기다렸다. J가 돌아온 후, 우리는 마치 그가 떠나기 전처럼 행복한 시간을 다시 만끽했다.

그는 내가 원하는 것, 하고 싶은 것이 있을 때마다 그것을 실현해 주었고, 그의 관심과 사랑은 내게 물질적, 정신적 풍요로움을 선사했다. 나는 그의 사랑을 당연히 여기지 않고, 그에게 더 잘해주고 싶다는 마음이 커졌다. 나 또한 나의 능력을 키워 그에게 돌려주고 싶다는 강한 욕구가 생겼다. 사랑이란 단순히 받는 것이 아니라, 서로에게 주고받으며 함께 성장하는 여정임을 깨달았다.

J와의 시간 속에서 나는 사랑의 의미를 배우고, 서로를 위한 존재가 되기 위해 더욱 노력하게 되었다. 우리의 관계는 지속적인 성장과 발전 속에 더욱 깊은 의미와 가치를 지니게 되었고, 이는 나에게 끊임없는 행복과 감사의 원천이 되었다.

우리 사이에는 서로를 배려하는 마음이 넘쳐흘렀다. 그랬기에 우리는 사소한 일로 다툴 일이 없었다. 이전의 연애와는 달리, J 덕분에 서로 배려한다면 불필요한 갈등은 없다는 사실을 깨닫게 되었다. 쓸데없는 부정적인 에너지를 방출하지 않아도 되었기에, 나는 J에게 더욱 몰입할 수 있었다. 우리의 입맛도 놀랍도록 잘 맞아, J와의 만남을 기다리는 일은 언제나 즐거웠다.

'이번 주에는 고기 먹자고 할까?'라고 생각하면, 다음 날 J가 '우리 이번 주에 고기 먹으러 갈까?'라고 물어보는 순간, 마치 텔레파시가 통하는 듯한 기분이 들었다. 그의 외모는 배우 공유를 떠올리게 했고, 그의 호탕한 웃음소리에 내 마음은 항상 끌렸다. 우리의 유머 코드도 완벽하게 맞아떨어져, 내가 어떤 말을 해도 J는 웃음을 터뜨리곤 했다. 반대로 J가 무언가를 말하면 나 역시 웃음을 참지 못했다. 우리 사이는 쿵, 짝이 맞아 지루할 틈이 없었다. 가끔 오해가 생길 만한 상황이 생겨도 J는 내가 오해했다는 사실을 불쾌해하지 않고 유연하게 대응했다. 이러한 시간이 쌓여가며, 나는 J에 대한 전적인 신뢰를 갖게 되었다. 사소한 오해조차 없게 되었고, 작은 장애물조차 우리 관계를 더욱 단단히 다지는 계기가 되었다.

31

〰️

장애인들이 시위하는 것은
너무 이기적이야

언제부터였을까? 우리는 변해버렸다. J와의 4년 동안 느꼈던 그 따뜻한 감정이 점차 미세한 균열로 이어진 순간들이 있었다. 장애인의 이동권 보장을 요구하는 시위가 벌어졌을 때, 나는 그 순간 내 주변의 반응에 깊은 충격을 받았다. 대학 후배 중 한 명이 인스타그램 스토리에 '이동권 시위 좀 작작 해라!'고 올린 것을 보았을 때, 내 마음은 마치 찬물에 던져진 듯한 불편함으로 가득 찼다.

장애인이 시위를 반드시 해야 한다면, 그들이 시위하는 시간과 장소는 오로지 평화로워야 하며 누구에게도 불편함을 주지 않아야 한다는 것일까? 이는 정말 일반적인 생각일까? 아니면 그저 몇몇 사람들의 편협한 시각일까?

내 주변 친구들 대부분은 이 후배의 행동에 대해 부정적인 반응을 보였다.

"정말 개념 없다."

"본인은 평생 아프지 않을 거로 생각하는 건가?"

"우리 누구도 가족 중 누군가가 아플 수도 있다!"

"나도 처음에는 당장의 불편함만 생각했어. 하지만, 얼마 되지 않아 내 생각이 너무 좁았다는 것을 깨닫고, 반성하게 됐어."

이런 다양한 반응을 듣고, 나는 내 생각이 그리 틀리지 않았음을 확신하게 되었다. 그러나 나와 가장 가까웠던 남자 친구 J는 예상치 못한 반응을 보였다. 장애인들이 시위하는 것을 이기적이라고 언급하며, 대학 시절에 자신이 겪은 불편함을 끄집어냈다.

"(잔뜩 화가 난 목소리로) 그 시위로 인해 피해를 본 사람들의 시간은 도대체 누가 보상해 주나?"

그의 말에 나는 깊은 실망감과 함께 충격을 받았다. 그의 말이 마치 내 마음 깊은 곳을 파고드는 듯했다.

"(경직된 내 얼굴을 살피더니) 하지만 정부가 약속을 지키지 않아서 발생한 문제라서 한편으로 이해는 가."

그 순간 나는 그에 대한 정이 식어버린 듯했다. 가장 가까운 사람이 이런 반응을 보일 것이라고는 상상도 못 했기 때문에 친구들에게 이야기조차 할 수 없을 만큼 창피

했다. 그 일을 마음속 깊이 묻어두며, 사랑하는 사람과 사회적 가치에 대한 이해도가 다를 수 있다는 사실을 받아들이게 되었다. 이 사건을 계기로 나는 개인의 가치관과 사회적 이슈에 대한 태도가 관계에 미치는 영향에 대해 깊이 고민하게 되었다. 서로 다른 관점을 이해하고 존중하는 것이 얼마나 중요한지를 깨닫는 동시에 내 가치관을 더욱 확고히 다져나가기로 결심했다.

3년이라는 시간이 흘러간 후, 나는 끝없이 돌아가는 공무원의 삶에서 벗어나기로 결심했다. 매일 같은 루틴의 반복, 끊임없는 민원 처리와 때로는 고압적인 태도를 보이는 민원인들로 인해 내면이 황폐해져 가고 있었다. 한때 뇌출혈로 쓰러져 장애를 이겨내며 긍정적으로 살아왔던 나였지만, 이런 일상에서는 우울한 생각마저 들었다.

'내일이 오지 않았으면 좋겠다.'

이런 부정적인 생각이 우울증으로 번지기 전에, 나는 과감히 면직을 결정했다. 그 결정 이후로 많은 것이 변했다. 공무원이라는 안정된 직업을 뒤로한 채 불확실한 미래를 마주하는 것은 두려움과 동시에 해방감을 주었다. 하지만, 나를 지지해 줘야 할 사람 중 일부는 내 결정을 이해하지 못했다. 특히 팀장님의 말씀이 계속해서 내 마음을 어지럽혔다.

"서영 씨, 이 조직에서 버티는 것이 이기는 거예요."

"(단호한 표정으로) 팀장님, 저는 이기고 싶은 게 아니에요. 그냥 행복해지고 싶어요. 제발 저를 잡지 말아주세요."

그렇게 나는 한 때 간절히 원하고 열망했던 공무원 생활을 마무리 지었다. 내 결정은 내 옆에 있는 사람에게도 불안함을 가져왔다. 내 결정으로 인해 4년 간의 연인관계에도 큰 변화를 불러왔다. J와의 시간은 좋았던 순간이 더 많았지만, 시간이 흐르면서 우리는 예전 같지 않았다. J와 나 사이에는 더 이상 말보다 정적이 많아졌고, 우리는 진지한 대화를 회피하며 시간을 보냈다. 함께 있어도 우리는 서로의 눈보다 창밖을 바라보는 시간이 더 길어졌다.

그때부터 나는 어쩌면 다가올 이별을 예감했을지도 모른다. 내가 공무원이라는 직업을 뒤로하고 자유롭게 인턴 생활을 시작하며 새로운 것에 도전하고 있을 때, J는 혼자서 나의 직업적 불안정에 대해 걱정하고 있었다. 미래에 대한 계획을 이야기하기 시작하면서부터 갈등이 생기기 시작했다. J는 결혼과 자녀를 갖는 것을 인생의 중요한 목표로 삼고 있었지만, 나는 아이를 갖는 것에 대해 회의적이었다. 단순히 부모가 되는 것에 대한 두려움뿐만 아니라, 나의 몸 상태와 앞으로의 삶에 대한 불안감이 컸다.

'그의 가족이 장애가 있는 나를 싫어하시진 않을까?'

걱정과 고민이 깊어질 때, 친구가 내게 큰 위로가 되어
주었다. 그녀는 언제나 나의 이야기를 들어주고, 이해해
주는 친구였다. 내가 걱정과 두려움을 털어놓았을 때, 그
녀는 나를 위로해 주었다.

"서영아, 너를 싫어할 사람은 없어."

그 한마디가 나에게 얼마나 큰 위로가 되었는지 모른
다. 그녀의 말은 마치 내가 세상에서 혼자가 아니며, 누군
가가 나를 이해하고 응원해 준다는 그런 느낌을 주었다.

결국, 우리는 그동안 피해 왔던 진지한 대화를 나누기
시작했다. 서로의 눈을 바라보며 진솔한 마음을 나누었고,
그 과정에서 우리는 서로의 입장을 존중하며 깊이 있는 이
야기를 나눴다. 그렇게 우리는 결국 다른 길을 선택하기로
했다. 이 결정은 절대 쉽지 않았지만, 우리 둘 다 서로의
행복을 위해 최선의 선택이라고 믿었다.

마치 처음 만났던 날처럼, 우리는 끊임없이 대화를 나
누었고, 처음 데이트했던 장소들을 다시 찾아가며 우리의
관계를 회상하고 정리했다. 그 순간순간이 소중하게 느껴
졌고, 나는 J가 나에게 준 행복에 대해 깊이 감사했다. 결
혼에 대한 나의 회의적인 생각에도 불구하고, 그는 존중받
아야 할 좋은 인연이었고, 그의 앞날에 행복이 가득하길

바랐다.

4년간의 연애는 우리에게 많은 것을 가르쳐 주었다. 우리는 서로의 삶에 깊이 스며들며, 성공을 응원하고 실패를 함께 겪으며 서로를 지지했다. 사랑이라는 감정이 단지 두 사람 사이의 연결이 아닌, 함께 성장하고 발전하는 과정임을 우리는 함께 배웠다. 한때는 일상을 나누고 대화가 끊이지 않던 우리였지만, 시간이 지나면서 우리의 길은 달라졌고, 생활 방식부터 생각까지 모든 것이 변했다. 우리의 공통점은 서서히 사라졌고, 이제 우리는 아마도 우연히 마주칠 일이 없는 그런 사람이 되어버렸다.

나는 삶에서 가장 중요한 것이 무엇인지, 그리고 자신의 행복을 추구하는 것이 얼마나 중요한지를 깨달았다. 이제 나는 새로운 시작을 앞두고 있으며, 불확실한 미래가 주는 두려움보다는 나 자신과의 약속을 지키며 앞으로 나아가기로 결심했다.

J와의 시간은 소중한 추억으로 남겨두고, 나는 나의 길을 걸어가기로 했다. 이 모든 과정은 나를 성장하게 했고, 이제는 더 나은 나로 나아갈 준비가 되어 있다. 삶의 모든 순간이 나를 만들어 주었고, 그 속에서 나는 진정한 나를 찾고 있다.

32

≈≈≈

웃기지 마!
좋았던 모든 순간을 네가 다 망쳤어!

자신은 결혼을 원한다며 내게 이별을 고했던 그가, 알고 보니 회사 후배와 이미 깊은 관계를 맺고 있었다는 알고 싶지 않은 사실을 알게 되었을 때, 내 마음은 충격과 허무함으로 가득 찼다. 우리의 4년간의 아름다웠던 연애가 그의 배신으로 끝날 것이라고는 상상도 하지 못했다.

"웃기지 마. 좋았던 모든 순간을 네가 망쳤어. 남에게 준 상처만큼 네가 더 힘들게 살길 바랄 뿐이야. 다신 보지 말자."

그와의 4년 간의 시간이 이렇게 허무하게 마무리되었다. 최선을 다해 사랑했지만, 결국 사랑은 허무하게 끝났다. 사랑이 끝나고 나니, 남아 있던 에너지가 모두 사라지며 미련이 사라졌다. 이별의 슬픔이 허무함으로 바뀌고, 그간의 시간이 아깝게만 느껴졌다. 하지만 그 순간, 나는 깨달았다.

'네가 특별했던 것은 아니었다.
너를 특별하게 만든 것은 내 사랑이었다.
나는 아쉬울 게 없다.'

이 이별을 통해 나에게 사람을 신뢰하는 것에 대한 깊은 불신을 남겼지만, 동시에 나 자신과의 관계를 더욱 견고히 하는 계기가 되었다. J와의 이별 소식은 내 친구들에게도 큰 충격으로 다가왔다.

"바람을 피울 사람으로 전혀 보이지 않았어."

친구들은 그가 저지른 일에 대해 믿을 수 없다는 반응을 보였다. 우리가 얼마나 잘 어울리는 커플인지, 서로를 얼마나 아끼고 사랑하는지를 알고 있었기에, 그들에게도 이별은 무척이나 놀랍고 이해할 수 없는 일이었다.

"사실, 서영아, 네가 더 아까웠어."

친구들의 위로는 나에게 큰 힘이 되었고, 나를 둘러싼 사람들의 사랑과 지지를 느낄 수 있었다. 이 시기에 친구들의 지지는 내게 큰 위안이 되었다. 그들은 나를 위해 시간을 내주고, 마음을 열어주며, 나의 슬픔을 함께 나누었다. 이들의 격려와 응원 덕분에 나는 상처받은 마음을 조금씩 치유할 수 있었다.

"넌 앞으로 더 좋은 사람 만날 거야. 너무 걱정하지 마."

그들의 말은 나에게 새로운 시작에 대한 용기를 주었다. 나는 인간관계의 중요성을 다시 한번 배웠다. 어려운 시기에 내 옆에 있는 사람들이 얼마나 큰 힘이 되는지, 진정한 친구란 어떤 상황에서도 변함없이 나를 지지해 주는 사람들임을 몸소 느낄 수 있었다. 이 힘든 시간을 견디고 나아갈 수 있었던 것은, 이러한 친구들과 가족 덕분이라고 생각한다.

J와의 이별은 나에게 많은 것을 알려주었고, 인생에서 진정으로 소중한 것이 무엇인지 다시 한번 생각하게 했다. 내 삶에 있는 사람들에게 더욱 감사하게 되었으며, 이제 나는 더 밝은 미래를 향해 나아가기로 결심했다. 내 주변 사람들의 사랑과 지지가 있기에, 나는 어떤 어려움도 극복할 수 있다.

J는 장애가 있는 나를 편견 없이 받아주었던 소중한 사람이었지만, 그와의 관계가 가끔 나를 작게 만들었던 것도 사실이다. 우리가 헤어지고 나서, 내가 얻은 한 가지 중요한 교훈이 있다.

'자신을 사랑하고 받아들이자.'

극복 : 당당하게 한 발씩 나아갑니다

자신을 사랑하는 사람만이 진정으로 타인을 사랑할 수 있다는 것을, 나는 그와의 관계를 통해 배웠다. 나는 사랑했고, 그 사랑이 나에게 충분한 경험이었다고 믿는다. 이제 나는 사랑을 줄 줄 아는 사람이며, 사랑을 받을 자격이 있는 사람이라고 확신한다. 나의 다음 사랑 이야기는 이전보다 더 강하고, 자신을 사랑하는 나로부터 시작될 것이다. 이제 나는 내 삶의 주인공이 되어 더욱 빛나는 미래를 향해 나아가고자 한다.

도전
흔들리는 꽃이라 하더라도

33

너의 인생이야,
후회 없는 선택을 해

공무원으로 사는 삶은 처음에 내가 꿈꾸던 안정과 만족을 주는 것처럼 보였다. 하지만 시간이 지날수록, 나는 점점 더 많은 것을 원하게 되었다. 창의성을 발휘하고, 새로운 것을 배우며 성장하는 삶. 그런데 내가 처한 환경은 그런 나의 욕구를 충족시켜 주기에 한계를 드러내기 시작했다. 어느 날, 친구의 질문이 내 마음을 강타했다.

"공무원 업무처럼 반복적인 일을 하는 게, 정말로 네가 원했던 거야?"

그 말이 내 안에 숨겨져 있던 진정한 욕구와 꿈들을 폭발시키는 '트리거 Trigger'가 되었다. 안정적인 삶을 선택했지만, 그 안에서 나만의 색깔과 열정을 잃어가고 있음을 깨달았다.

공무원이라는 직업의 무게감과 책임감은 어느 날부터인가 나를 무겁게 짓누르기 시작했다. 매일 같은 일상에서 나는 점점 더 행복에서 멀어져 갔다. 사소한 일에도 한숨이 나오고, 웃음이 줄어들었다. 주변 동기들은 어려움을 호소하면서도 직장 생활을 잘 이어가는 것 같아, 나만 이상한 사람처럼 느껴졌다. 이런 내 마음을 부모님께 털어놓았을 때, 부모님의 반응은 예상외로 따뜻하고 이해심이 가득했다.

"네 인생이야. 이제 너도 30대고, 후회 없는 선택을 해. 지금부터 5년까지는 우리가 지원해 줄게. 그 안에 네 길을 찾아봐."

부모님의 말씀은 나만의 길을 찾을 용기를 북돋아 주었다. 그래서 나는 평생직장인 공무원을 그만두기로 결심하고 사표를 제출하러 인사과로 갔다. 결심을 굳히고 인사과 팀장님에게 사표를 제출하려 할 때, 팀장님은 이렇게 말씀하셨다.

"무슨 일을 하든 다 힘들어요. 여기서 버티는 게 이기는 건데, 나가서 뭐 할 건지 계획은 있어요?"

팀장님의 말에는 세월의 무게와 조직 생활의 현실이 담겨 있었다. 그러나 그 순간, 나는 확실히 깨달았다. 나는 단지 버티며 살고 싶지는 않았다. 나는 내 삶에서 진짜 행복을 찾고 싶었다. 그 이후 나는 내 인생에서 가장 큰 일탈을 감행했다. 안정적인 공무원 생활을 버리고, 내가 진정으로 원하는 길을 찾기로 한 것이다. 불확실한 미래가 두렵기도 했지만, 부모님의 지지와 내 마음속 깊은 욕구를 따라 새로운 길을 걷기로 했다.

그 이후의 여정은 쉽지 않았다. 매 순간이 도전이었고, 때로는 힘들게 느껴지기도 했다. 하지만 나는 내가 선택한 길에서 배우고 성장하는 기회를 가졌다. 무엇보다 중요한 것은, 나는 이 길에서 진정으로 원하는 행복을 찾아가고 있다는 것이다. 내가 겪은 실패와 도전은 나를 더 강하게 만들었고, 무엇보다 내가 진정으로 원하는 것이 무엇인지를 깨닫게 해 주었다.

과거에는 무의식적으로 '공무원으로서 실패했다.'라고 생각한 적이 있었다. 그러나 이제 나는 내 자신을 '실패한 공무원'이라고 부르지 않는다. 오히려, 그 경험을 통해 내가 누구인지, 무엇을 원하는지 더 잘 알게 되었다고 생각한다. 내 여정은 실패에서 끝난 것이 아니라, 새로운 시작을 알리는 신호탄이었다. 내가 겪은 모든 것은 나를 더 강하고, 더 창의적이며, 더 긍정적인 사람으로 만들었다. 나는 이제 내가 진정으로 사랑하는 일을 하며 살아가고 있다. 새로운 길을 걸으며 하루하루가 나에게 주어진 소중한 기회임을 느끼고, 그 과정에서 나 자신을 더욱 깊이 이해하고 있다. 이제 나는 더 이상 두렵지 않다. 나는 나의 선택을 믿고, 나의 행복을 추구하며, 매 순간을 만끽하고 있다.

　'때론 우리가 처음 선택한 길이 우리의 길이 아닐 수도 있어요. 중요한 건 그 길에서 무엇을 배우고, 어떻게 다음 길을 선택하느냐입니다.'

　삶이 우리 앞에 놓인 길을 예측할 수 없게 만드는 것처럼, 직업과 사랑을 모두 잃어버렸지만, 내 마음은 예상과 달리 깊은 슬픔에 잠기지 않았다. 오히려 이 상황이 마음에 들었다. 마치 죽음을 경험하고 다시 태어났을 때처럼, 전혀 새로운 출발선에서 서서 다시 시작하는 기분이었다.

　'이제 나는 오직 올라갈 일만 남았어.
　그동안 꿈꾸었지만,
　현실의 벽에 가로막혀 실행하지 못했던
　모든 것들을 이제 시도해 볼 때가 왔어.'

　이러한 생각이 내 마음속을 가득 채웠다. 어떤 부담도, 두려움도 느껴지지 않았다. 그저 앞으로 나아가고자 하는 열망과 새롭게 시도해 볼 수 있는 무한한 가능성에 집중할 수 있는, 순수한 기회의 순간이었다. 면직을 결심하고, J 계장님께서 써주신 편지를 읽으면서 많은 것을 느꼈다.

> 멘토라는 말이 현명하고 신뢰할 수 있는 상담 상대를 뜻한다고 하던데, 솔직히 힘들어하는 멘티를 정말 따뜻하게 공감하고 이해해 준 적이 있었는지를 생각해 보면 가슴이 먹먹해집니다.
>
> 바쁘다는 변명으로 바로 옆에 있는 동료의 어려움을 살피지 못하고, 어렵다는 이유로 나도 모르게 듣지 않으려 했을지도 모르겠네요.
>
> 여하튼 먼저 드리고 싶은 말은 선배 동료로서 미안합니다. 공직 사회를 이론으로만 가르치려 했지, 함께 극복하고 공감하는 노력이 없었던 것에 무거운 마음이 듭니다. 씩씩하고 해맑게 천진난만하게 투명한 웃음을 보여주시기에 '멘탈이 강해서 다행이야. 걱정 없겠어.' 하던 것이 자칫 무관심을 합리화했을지도 모르겠네요.
>
> 신체적 어려움마저 더해져 얼마나 힘들었을까를 생각하면, '난 참 내 생각만 하고 사는구나.' 하고 부끄러움이 밀려왔습니다.

서영 주무관님도 수십 번, 수백 번의 고심과 마음속 글씨를 수없이 고쳐 썼을 거로 생각합니다. 결코 쉬운 결정이 아니었을 것이고, 부모님과도 충분히 상의했을 것입니다. 아마도 제게 상담 신청을 했더라면 조직 논리를 거들먹거리며 '라떼' 얘기를 하고, '조금만 더 참아 봐라.'와 같은 뻔한 조언을 했을 겁니다.

공직이라는 것이 쉬운 일이 아닌 듯합니다. 보수도 그럴 것이고, 보람도 그럴 것이고, 보통의 직장 생활과는 사뭇 다르며, 보이지 않는 민원들과의 싸움과 같은 일상도 어려운 코스입니다.

그래서 우선은 무조건 서영 주무관님의 결정이 옳다고 생각합니다. 그리고 결단을 내렸을 때는 스스로 믿고 나아가십시오. 건강한 신체가 뒷받침될 때, 주무관님이 생각한 것들을 더 수월하게 할 수 있을 테니, 몸도 잘 돌봐주십시오. 선택은 오롯이 서영 주무관님의 뜻이고, 그 결정 방향이 어떠할지 모르겠지만, 그 또한 옳은 판단일 것입니다.

이 편지를 읽으며 내가 해야 할 일은 바로 나 자신을 믿는 것이라는 것을 알게 되었다. 두려움과 부담이 앞설 때도 내 결정을 신뢰하고 앞으로 나아가는 용기가 얼마나 중요한지 절실히 느꼈다. 내 안의 두려움을 마주할 때마다, 나 자신을 믿고 나아가야 한다는 사실을 다시 한번 상기하게 되었다. 결단을 내릴 때의 불안함과 부담감이 있을지라도, 그 모든 것을 이겨내고 내 길을 걸어갈 힘은 결국 나 자신을 믿는 데서 나온다는 것을 깨달았다.

나는 나의 선택과 결정이 언제나 옳았음을, 그리고 앞으로도 그럴 것임을 확신하게 되었다. 과거의 경험들이 증명하듯, 내 안의 목소리를 따르고 내 직관을 신뢰할 때, 가장 올바른 길을 찾게 된다는 것을 알게 되었다. 이제 나는 더 이상 망설이지 않기로 결심했다. 주저하지 않고, 내 안의 목소리에 귀 기울이며, 모든 도전에 당당히 맞서 나아갈 것이다. 동료들의 진심 어린 응원과 격려를 가슴에 담고, 긍정적인 마음으로 건강하게 미래를 향해 나아갈 것이다. 고마운 동료들의 따뜻한 마음을 기억하며, 앞으로의 여정을 힘차게 걸어갈 것이다.

변화의 길은 순탄치 않은 여정이었다. 아무리 긍정적인 '마인드셋 Mindset'을 다짐해도, 불쑥불쑥 떠오르는 안 좋은 생각들은 쉽게 사라지지 않았다. 이런 순간들이 얼마나 더 지속될까? 불안함이 내 마음을 짓누르곤 했다. 부정적인 감정에 휘둘리고 싶지 않다면, 무엇이라도 행동으로 옮겨야 했다. 그래서 내가 선택한 방법은 바로 '글쓰기'였다. 더 정확히 말하자면, '내 이야기로 책을 쓰기'였다.

글을 쓰기 시작하면, 그동안 마음속에 쌓여 있던 추억과 분노가 서서히 사그라들어 가며, 마음이 한결 가벼워지는 것을 느꼈다. 글을 쓰기 위해 마음을 먹으니, 다양한 생각들이 머릿속을 가득 채우고, 그로 인해 과거의 아픈 기억과 감정들은 자연스럽게 잊혀졌다.

글쓰기는 단순한 기록이 아니라, 내면의 목소리를 듣고 스스로 이해하는 중요한 과정이었다. 복잡한 생각과 감정을 정리하며, 나는 내가 겪은 일들을 더 넓은 시각에서 바라보게 되었다. 이 과정을 통해 다시금 자신감을 찾고, 삶의 의미를 재발견할 수 있었다.

누구나 살면서 어려움에 직면해 있을 수 있다. '터닝 포인트 turning point'는 나 스스로 만들어갈 수 있는 순간이다. 우리는 삶에서 자기만의 '터닝 포인트 turning point'를 창조하는 주체가 될 수 있다. 어려움과 마주했을 때, 부정적인 감정이나 상황에 휘둘리기보다는 그것을 극복하는 과정에서 더 강해지고, 새로운 자신을 발견할 수 있다. 시련을 극복하고 전환할 힘은 내 안에 숨겨져 있다.

글쓰기처럼 자신만의 방법을 찾아 이 시기를 극복해 나가면 좋을 것 같다. 자신만의 방식으로 삶을 다시 쓰고,

더 나은 내일을 향해 한 걸음씩 나아가면서 그 과정에서 삶의 새로운 의미와 방향을 발견할 수 있다.

'터닝 포인트 turning point'는 내가 지금 서 있는 그 지점에서 시작된다. 나와의 대화를 시작하고, 내면의 목소리에 귀를 기울여 보면, 언제나 올라갈 일만 남았다는 것을 알게 된다. 삶은 스스로 만들어가는 것이다. 이 여정 속에서 더욱 깊이 있는 나를 발견하고, 새로운 희망의 길을 걸어가야겠다.

34

너의 봄은 반드시, 조용히
그리고 확실하게 찾아올 거야

봄이 오는 시기는 단순히 자연의 변화뿐만 아니라, 우리 내면의 변화와도 깊이 연결되어 있다. 봄이 온다는 것은 새로운 시작을 의미하며, 마음속 깊은 곳에 쌓인 눈이 녹아내리고, 새싹이 돋아나는 순간을 뜻한다. 이는 어쩌면 새로운 관계가 시작될 때, 새로운 목표나 꿈을 발견했을 때, 혹은 자신감을 되찾았을 때의 감정일지도 모른다. 봄이 온다는 것은 당신이 변화를 준비하고, 그 변화를 받아들일 준비가 되었을 때일 수도 있다. 개인적인 성장과 발전을 위한 노력이 결실을 맺기 시작하는 순간, 또는 어려움을 극복하고 다시 일어서는 순간이 바로 당신에게 봄이 오는 시기일 것이다.

한때 J가 운전하는 차의 안락한 조수석에 의존하던 시절을 뒤로하고, 이제는 운전대를 직접 잡기로 결심했다. 올해 내에 다시는 누군가에게 의존하지 않겠다는 각오로, 고등학교 친구 G에게 적극적으로 운전을 배웠다. 우리는 매주 만나 운전 연습에 몰두하며, 출퇴근은 물론 장거리 운전까지 함께했다. 나의 운전 실력은 눈에 띄게 향상되었고, 그로 인해 자신감이 상승하는 기쁨은 묘한 전율로 다가왔다. 내게 새로운 능력이 생기고 있다는 사실이 너무도 기뻤다.

지금까지는 혼자 할 수 있는 것들에 도전하기보다는 다른 이에게 의존하며 살아왔던 것 같다. 그러나 이제는 점진적으로 혼자 서는 법을 배우며 새로운 도전에 당당히 맞서고 있다. 나만의 힘으로 일상의 작은 것들을 하나둘 해 나가면서, 나에 대한 믿음과 함께 삶의 새로운 장을 열어가고 있다. 이는 단순히 운전을 배우는 것을 넘어서 인생 전체에서 스스로 주체가 되어 결정을 내리고, 도전을 즐기는 방법을 배우는 여정이 되었다.

친구들이 각자의 인생에서 중요한 이정표를 지나가고 있는 모습을 보니, 그들이 꿈꾸던 안정적인 삶의 기준을 하나씩 달성해 나가는 것처럼 보았다. 그들의 삶은 마치 화려한 봄날을 맞이하는 듯했다. 반면에 나의 인생에서는 겨울이 유난히 길게만 느껴졌다. 추위와 어둠이 지속되면서, 봄의 따스함은 멀게만 느껴졌다. 나만이 제자리걸음을 한 것 같은 불안감이 들기도 했다.

그러나 바로 그 긴 겨울이 있었기에 봄의 가치와 따뜻함은 더욱 소중하게 다가왔다. 내면의 겨울을 지나고 나면, 봄은 예상보다 더 환하고 따뜻하게 우리를 맞이한다. 변화에 대한 열망과 새로운 시작에 대한 용기는 결국 우리에게 봄을 가져다줄 것이다.

봄이 오는 시기는 누구도 예측할 수 없다. 그러나 한 가지 확실한 것은 변화를 향한 우리의 지속적인 노력과 마음가짐이 결국 아름다운 봄날을 맞이하는 데 결정적인 역할을 한다는 것이다. 우리가 마음을 열고 변화의 가능성을 믿으며 스스로 소중히 다루는 순간, 우리는 이미 봄을 향해 한 발짝 나아가고 있는 것이다.

'당신의 봄은 조용히 그러나 확실하게 찾아올 것이다.'

그리고 그때 당신은 깨닫게 될 것이다. 봄은 이미 당신 곁에, 당신의 내면에 존재하고 있었다는 것을. 이 겨울이 아무리 길고 어두워도 항상 뒤따르는 봄의 온기와 활력을 기대하며, 변화를 향한 소소한 노력을 지속하다 보면, 당신의 봄은 반드시 조용히 그러나 확실하게 찾아올 것이다. 그때 당신은 그동안의 겨울이 가져다준 깊은 의미와 성장을 온전히 느낄 수 있을 것이다.

35

아~악!
앗 뜨거워!

뇌출혈로 인해 발생한 편마비는 일상의 소소한 순간들
을 예상치 못한 상황으로 바꾸어 놓았다.

"아~악! 앗 뜨거워!"

"(엄마가 다급한 목소리로) 서영아, 무슨 일이야?"

"내가 머리로는 피했는데, 몸은 피할 수 없었어."

"(엄마가 우는 듯한 목소리로) 어쩌면 좋니? 흑흑"

"(엄마를 안아 주며) 엄마 난 정말 괜찮아. 울지마."

뜨거운 물이 흘러내리는 순간에 감각이 둔해진 오른쪽
몸이 신속하게 반응하지 못했던 그 경험은 나에게 깊은 인
상을 남겼다. 오른쪽 발을 왼쪽 발과 함께 즉각적으로 피
할 수 있었다면 화상을 면할 수 있었을 텐데, 편마비의 제

약으로 인해 그 순간은 고통스럽고 당혹스러운 기억으로 남았다. 뜨거운 물이 내 피부에 닿는 순간의 아픔은 말로 표현할 수 없을 정도로 강렬했고, 이는 나에게 오른쪽 몸의 반응성에 대한 새로운 인식을 주었다. 갑작스럽게 닥친 상황에 어떻게 대처해야 할지에 대한 깊은 성찰을 하게 만드는 사건이었다.

그러나 돌아보면 나는 짧은 아픔을 겪었을 뿐이라는 생각이 든다. 뇌출혈로 쓰러졌을 때의 고통에 비하면 이번 일은 충분히 견딜 수 있는 수준이라고 받아들였다. 그 아픔을 통해, 나는 더 큰 고통을 이겨낸 나 자신의 강인함을 다시 한번 상기하게 되었다. 이 사건은 내 삶의 일부가 되어 나를 더욱 단단하게 만들고, 어떤 상황에서도 긍정적인 생각을 유지하도록 도와주었다.

그럼에도 불구하고 나를 괴롭히는 것이 있다면, 그것은 나와 맞지 않는 사람들과의 관계에서 오는 고통이다. 성장하면서 달라진 가치관 때문에 나와 잘 맞지 않는 친구들과의 연락이 끊어지거나, 업무로만 이어진 회사 동료들과의 어색한 침묵, 심지어 나를 배신한 남자 친구와의 깨진 신뢰까지. 이러한 관계들은 시간이 지나도 내 마음속 깊은 곳에 치유되지 않는 상처를 남겼다. 그것은 그림자처럼 나를 따라다녔다.

그러나 나는 이제 그 그림자를 떼어내려고 한다. 나를

둘러싼 사람들과의 관계가 얼마나 중요한지, 그리고 그 관계들이 어떻게 내 삶의 질을 결정짓는지를 깨닫게 되었다. 나와 맞지 않는 사람들과의 연결이 끊어진 것은 단지 인생의 한 단면일 뿐이다. 이별 후의 감정은 이겨내기 쉽지 않다. 그러나 나는 그 이별을 통해 더 강해질 수 있었고, 나를 사랑하고 나와 잘 맞는 사람들을 찾는 법을 알아냈다. 이제 나는 내 마음을 괴롭히는 관계들을 넘어서, 나 자신에게 집중하고 내 삶을 더욱 풍요롭게 만드는 사람들에게 내 시간과 에너지를 쏟기로 결심했다.

인생에서는 겪어봐야만 이해할 수 있고 잃어버려야만 그 가치를 알게 되는 것들이 있다. 상실이라는 깊은 골짜기를 지나고 나면, 그 뒤에 따라오는 깨달음이라는 빛줄기가 있다. 우리가 경험하는 어려움과 시련은 그만큼의 값어치를 지불하고 얻어내는 교훈이다. 마치 세상살이의 교환처럼 우리는 무언가를 잃음으로써 무언가를 얻게 되고, 비로소 삶의 의미와 가치를 발견하게 된다. 우리가 겪는 모든 시련과 상실은 우리의 삶을 더욱 풍부하게 하는 중요한 과정이다. 이제 나는 이러한 경험을 통해 더욱 성숙해지고, 나 자신을 사랑하는 법을 배우며, 삶의 진정한 가치를 깨닫게 되었다. 그리고 그 과정에서 나는 더 나은 나로 성장해 나갈 것이다.

'가장 어두운 밤을 보내지 않고서는

가장 밝은 새벽의 가치를 제대로 알 수 없다.'

　상실의 순간들은 절대 헛되지 않을 것이다. 오히려 그
것은 우리의 삶의 방향을 미세하게 재조정하고, 시간이 지
나면서 더욱 선명한 깨달음으로 변모한다. 힘든 이별의 순
간에 가슴이 찢어지는 듯한 고통을 느꼈던 나에게, 그 아
픔은 결국 나를 더 강한 사람으로 만들어 주었다. 그 경험
이 없었다면, 나는 진정으로 나를 사랑할 수 있는 방법을
찾지 못했을 것이다.

　상실이 가져온 고통은 나를 움츠리게 했지만, 오히려
새로운 가능성을 열어주었다. 이제 더 이상 과거의 상처에
얽매여 있지 않고, 내 삶을 더욱 풍요롭게 만드는 소중한
사람들과 함께할 것이다. 그 시간을 더욱 소중히 여길 것
이다. 깨달음은 항상 나의 삶을 더욱 다채롭게 만들고, 매
일매일을 감사함으로 채워준다.

36

한 번 더 시술한다고 한들, 결과를 장담하기는 힘듭니다

병원에서 연례적으로 받는 뇌 MRI 검사를 마치고 나왔다. 그 결과, 나를 오랫동안 괴롭혀 온 기형 혈관들이 아직도 내 머릿속에 남아 있는 것으로 확인되었다. 이미 1차로 색전술과 2차로 감마나이프 시술을 받았음에도 불구하고, 이 기형 혈관들은 여전히 내 뇌를 위협하는 존재로 남아 있었다. 담당 교수님은 9월에 혈관 조영술을 한 후, 추가 시술이 필요한지, 아니면 더 근본적인 수술을 고려할지 그때 결정하자고 제안하셨다.

"한 번 더 시술한다고 한들, 이 혈관들이 없어질지 장담할 수 없어요. 방사선 치료를 자주 하는 것이 반드시 좋은 것만은 아니니까요. 다행히도 위치가 매우 위험한 것은

도전 : 흔들리는 꽃이라 하더라도

아닙니다."

　머리를 열고 수술해야 할 가능성에 대해 듣고 나니, 그 생각만으로도 두렵고 불안했다. 그러나 더 큰 불안은 머릿속에 언제 터질지 모르는 시한폭탄을 안고 살아가는 것이었다. 이러한 불확실성과 끊임없는 걱정 속에서 혼자 싸워나가는 것은 지치고 외로운 일이었다.

　이 결정은 내게 큰 두려움을 안겼고, 정답이 무엇인지, 어떤 길이 옳은지, 어떤 선택을 해야 할지 결정하기가 쉽지 않았다. 이러한 선택의 순간은 막막함과 불확실성으로 가득하지만, 나는 앞으로 나아갈 길을 결정해야만 한다. 나 자신과의 대화를 통해 이 선택이 내 삶에 미칠 장기적인 영향을 신중하게 고려해야 한다는 것을 깨닫는다. 어떤 결정을 내리든 그것은 나의 건강과 미래에 대한 깊은 사려와 용기가 반영된 선택이 될 것이다. 많은 이들이 인생의 고통을 겪으며 자주 묻곤 한다.

'왜 나의 삶은 이토록 고통스러운가?'

　그 답은 우리가 자신이 누구인지, 우리 자신의 본질을 제대로 이해하지 못하기 때문일 수 있다. 진정한 '나'를 모른 채 살아가는 것이야말로 인생을 고통스럽게 만드는 근본적인 원인 중 하나이다. 그러나 이 고통 속에서도 희망의 실마리는 존재한다.

'나는 날마다 나아지고 있다.'

매일 조금씩 자기 자신을 발견하고, 자신이 진정으로 원하는 것이 무엇인지, 자신의 가치와 열정이 무엇인지를 탐색하는 과정에서 우리는 진정한 자아를 발견하기 시작한다. 이 여정은 절대 쉽지 않으며 때로는 자신의 내면과 마주하는 것이 두려울 수도 있다. 그러나 자신에 대한 깊은 이해와 자각은 우리를 더 강하고, 더 행복하게 만들어 줄 것이다.

과거의 실수나 실패에 얽매이지 않고, 매 순간 자신을 발전시킬 기회로 삼으며, 더 나은 내일을 향해 한 걸음씩 나아가는 것이다. 우리는 더 이상 고통을 인생의 주된 요소로 보지 않게 된다. 대신, 그 고통을 극복하고 성장하는 과정에서 오는 기쁨과 만족을 느끼게 된다. 설령 인생이 고통으로 가득 차 있다고 느껴지더라도 그것은 우리가 매일 조금씩 나아지는 과정에서 비롯된 고통일 것이다. 우리가 자아를 발견하고, 자신만의 길을 걸어가며, 매일 자신을 개선해 나가는 것, 그것이 바로 인생의 고통을 극복하고, 더 행복하고 만족스러운 삶을 살아가는 유일하고 확실한 방법이다. 이제 나는 나를 오랜 시간 동안 괴롭혔던 이

안 좋은 혈관들과의 이별을 통해 내 몸을 더 건강하게 만들고 싶다.

　'그동안 나를 지독하게 괴롭히던 기형 혈관들과의 이별은 오히려 좋아.'

　지난날의 고통과 함께한 시간을 뒤돌아보니, 나는 자신에게 더 나은 미래를 선물하고 싶다는 생각을 품게 되었다. 비록 그 과정에서 아픔을 감수해야 하더라도, 나 자신과 건강을 위한 결정을 내릴 준비가 되어 있다. 이는 단지 물리적인 치유를 넘어서 내면의 강인함과 회복력을 키우는 여정이 될 것이다. 나는 이 싸움을 통해, 내 인생의 주인으로서 당당한 권리와 더 밝고 희망찬 내일을 향한 발걸음을 다짐한다.

37

만약에 내가 쓰러지지 않았다면
어떻게 되었을까?

상상력이 풍부한 나에게 '만약에'라는 단어는 특별한 의미를 지닌다. 2012년 11월, 나의 삶이 한순간에 변했을 때, 이 단어는 내 마음속 깊은 곳에 자리 잡았다.

'만약에 내가 쓰러지지 않았다면 어떻게 되었을까?'

20살, 평범한 삶을 살던 중, 갑작스럽게 죽음의 문턱을 넘었던 순간은 마치 새롭게 태어난 듯한 느낌을 주었다. 그전까지 나는 학업에 열중하며 미대 입학을 꿈꾸고 있던 평범한 학생이었다.

어떤 드라마에서 사고로 다리를 잃은 주인공의 모습을

보면서, 한순간에 인생이 바뀌어버린 내 모습이 떠올랐다. 타임머신을 타고 과거로 돌아가 사고를 막는 주인공을 보며, '나에게도 저런 기회가 온다면 뇌출혈을 막을 수 있었을까?'라는 의문이 들었다. 드라마 속 주인공은 사고를 막기 위해 고군분투한다. 그녀의 모습은 나도 모르게 감정이입을 하게 만들었다. 만약 내가 그런 기회를 얻는다면, 나 역시 과거로 돌아가 뇌출혈을 막을 수 있었을까? 어쩌면 내 삶도 지금과는 다르게 펼쳐졌을지도 모른다.

하지만 나는 곧 깨달았다. 중요한 것은 과거를 되돌리는 것이 아니라, 현재의 나를 어떻게 받아들이고 앞으로 나아갈 것인가 하는 것이다. 나의 사고는 나를 무너뜨리지 않았다. 오히려 나를 더 강하게 만들었고, 긍정적인 마인드와 강한 의지를 심어주었다. 재활 운동을 하며 나는 매일매일 나의 한계를 시험했다. 포기하고 싶을 때마다, 나는 스스로에게 말했다.

'할 수 있다! 나는 강하다!'

이러한 마음가짐은 나를 앞으로 나아가게 하는 원동력이 되었다. 고통과 좌절 속에서도 나는 웃음을 잃지 않으려 애썼다.

'인생에서 중요한 것은 어떤 일이 일어났는지가 아니라, 그 일을 어떻게 받아들이고 극복해 나가는가에 달려 있다는 것이다.'

드라마 속 주인공이 결국 자신의 운명을 받아들이고 더 나은 미래를 향해 나아가듯, 나도 마찬가지였다. 사고를 되돌릴 수는 없지만, 나는 그 사고를 통해 더 단단해진 나 자신을 발견했다. 과거를 후회하기보다는 현재의 나를 사랑하고, 앞으로의 나를 기대하며 살아가는 것이야말로 진정한 극복의 의미였다.

'좋고 나쁨은 없다. 생각이 그렇게 만들 뿐이다. (There is nothing either good or bad, but thinking makes it so)' 이 말은 어떤 상황을 마주했을 때, 그것을 어떻게 받아들이느냐가 중요하다는 것을 의미한다. 긍정적인 해석은 우리에게 힘을 주고, 어려운 상황에서도 낙관적으로 나아갈 수 있는 동력을 제공한다. 반면, 부정적인 해석은 동일한 상황에서도 절망과 우울감으로 이끌 수 있다. 자신과의 대화가 긍정적인 방향으로 진행된다면, 그것은 우리의 내면에 큰 힘이 될 것이다.

내 삶에서 '만약에'라는 단어는 수많은 가능성을 내포하고 있지만, 동시에 나는 이를 통해 깨달았다. 내가 경험한 모든 일, 심지어 가장 어려운 순간들조차도 나를 오늘날의 나로 만들었고, 내 삶을 더욱 풍부하고 깊이 있게 했다.

나의 상상력이 주는 '만약에'는 무한한 가능성의 세계를 열어주지만, 현재의 나를 있는 그대로 받아들이고 사랑하는 것이 더 중요하다. 내가 걸어온 길과 앞으로 걸어갈 길 모두 나의 것이며, 나는 그 모든 순간에서 최선을 다해 살아갈 것이다. 이제 나는 '만약에'라는 상상 속의 가능성을 넘어서 현재 나에게 주어진 삶을 온전히 받아들이고, 그 속에서 나만의 이야기를 만들어 나가려 한다.

평범하고 걱정이 없던 이전의 나와 상황이 달라진 나의 모습을 친구들은 어떻게 생각하는지 궁금했다. '나에게 배서영이란?'이라는 질문을 두고 단톡방에서 얘기를 나누었던 때가 생각난다.

> 서영이와는 고등학교 1학년 때 처음 만났어. 주변 사람들을 잘 살피고, 도움이 필요한 사람에게 가장 먼저 손을 내미는 따뜻한 마음을 가진 친구였어. 그런 모습이 정말 멋졌고, 친구지만 나도 모르게 서영이를 존경하게 되었어. 그때도 서영이는 긍정적인 에너지를 주변에 전파하는 우리에게 꼭 필요한 사람이었지.

> 내가 처음 본 건 급식실이었어. 반 친구가 우리 학교 여신이 여기 있다고 하길래 그때 봤지. 작고 예쁘게 생겨서 친구도 많고 인기 많을 것 같다고

생각했어. 그런데 서영이는 친구를 금방 사귀고
적극적으로 다가오는 모습이 인상 깊었어.
고등학교 2학년 때 내 생일에 서영이가 파란색 곰돌이
모양의 저금통을 줬는데, 사실 그때 우리는 아주 친하지
않았고, 서로 생일도 몰랐거든.
그런데 갑자기 선물을 주니까 속으로 정말 고마웠어.
그 일이 지금도 기억에 남아.

그들의 이야기를 듣고 나니, 고등학교 시절부터 지금
까지의 여정이 눈앞에 선명하게 그려졌다. 친구들이 보는
나는 내가 스스로 볼 때와는 다른 모습이었다. 그들의 말
은 나에게 거울과도 같았다. 그 경험은 나에게 큰 선물이
되었고, 나에 대해 깊이 이해할 기회를 주었다. 친구들의
따뜻한 말이 나에 대한 사랑과 자신감을 키워주었다.

'만약, 다른 사람으로 살았다면 어땠을까?'라는 질문 앞
에서 나는 반성하는 태도를 가지게 되었다. 내가 다른 누
군가의 삶을 살았다면 그것 역시 풍부한 경험과 교훈을 가
져다줬을 것이다. 그러나 이 순간에 나는 내 삶과 내가 겪
은 모든 경험들 그리고 나를 둘러싼 사랑과 우정에 깊은
감사를 느낀다.

나는 지금의 나로서 살아가는 것이 좋다. 내가 직면했
던 모든 도전과 시련, 그리고 그 과정에서 얻은 깨달음과
성장은 나를 더욱 특별하게 만들어 주었다. 결국, 우리 각

자의 삶은 우리가 만들어가는 이야기이며, 나는 내 이야기의 주인공으로서 지금, 이 순간을 사는 것에 깊은 감사와 사랑을 느낀다. 다른 누군가로 살아볼 기회가 주어진다 해도, 나는 지금의 내 삶을 선택할 것이다. 왜냐하면, 내가 겪은 모든 것이 나를 지금의 나로 만들었기 때문이다.

38

〜〜〜

내일이 빛나는 삶이 있기에
다시 살아갈 수 있는 거야

병원에서 보낸 그 고요하고 독특한 시간은 특별한 경험이었다. 가끔은 그 시간이 느리게 흘러가기를 바랐다. 그러나 시간은 내가 원하는 대로 천천히 흘러가지 않았다. 어쩌면 내가 아무리 애써도 어차피 일어날 일들이었나 보다. 그 시간이 나를 붙잡고 있던 것들을 거부하지 않고, 오히려 자연스러운 순리에 의해 내버려둔 것이 아닌가? 심오하게 생각해 본다. 모든 것이 자연의 섭리대로 흘러갔을지도 모른다. 그 진실을 지금은 분명히 알 수 없지만, 시간이 흐른 뒤에야 비로소 이해할 수 있을 것이다.

믿음이 배신으로 느껴져 웅크리고 숨고 싶을 때가 있을지라도, 그렇게 되어서는 안 된다는 것을 깨달았다. 사

도전 : 흔들리는 꽃이라 하더라도

람과 사랑을 이해하는 능력은 수많은 관계를 통해 키워진다. 내일에 대한 희망을 품고 삶을 바라보며 다시금 일어설 수 있는 힘을 얻는다. 선택할 수 있다는 것 자체가 어떤 이에게는 꿈같은 축복일 수 있다는 것을 알고 있다. 어떤 이들은 선택조차 할 기회가 없는 상황에 놓일 수 있다.

'이 모든 시련을 나는 견뎌낼 수 있을까?'

나는 자문할 때마다 당연히 견뎌낼 수 있다고 스스로에게 말한다. 이미 과거에도 수많은 난관을 극복해 왔기 때문이다. 새로운 꿈이 내 마음을 따뜻하게 감싸안는다. 오랜 시간 동안 꿈꿔온 것을 이루기 위한 새로운 시작을 준비한다. 내일을 향한 여정에 희망의 빛을 더하며, 이번에도 나는 내 꿈을 실현할 것이다.

나는 '소중함'이라는 단어에 새로운 의미를 부여하게 되었다. 나는 뇌출혈로 쓰러지기 전까지는 건강의 소중함과 평범한 일상의 가치를 제대로 인식하지 못했다. 그동안은 불필요한 불평과 불만으로 가득 찬 시간이었다. 하지만 이제는 그 어느 때보다도 건강과 일상의 소중함을 깊이 이해하고 있다. 우리가 일상에서 너무나 당연하게 여겨왔던 것들의 가치를 되돌아보게 되었다. 삶 속에서 '내 것'이라는 말이 반복될 때마다, 소중한 것이 무엇인지 자문하게 만든다. 소유가 많고 적음과는 별개로 풍요로움은 올바른 가치 인식에서 비롯된다. 어떤 상황에서도 자신의 본질을 잃지 않는 유연함으로, 마음이 풍족하고 밝으며 소신 있는 삶을 살아가야 한다. 우리는 소중함의 가치를 알고, 그것을 지키며 살아가는 삶의 중요성을 배운다.

'내일 빛나는 삶이 있기에 다시 살아갈 수 있는 거야'

어느 주인공의 대사처럼 소중한 것이 무엇인지를 깨닫고, 그것을 바탕으로 살아가는 삶이야말로 풍요와 행복으로 이끄는 길이다. 사랑, 우정, 진실과 같은 가치들은 물질적 풍요를 넘어서는 깊은 만족과 기쁨을 준다. 어떤 어려움과 시련 속에서도, 소중한 것을 알고 그것을 지키며 살아가는 우리는 내일을 향해 한 걸음씩 나아갈 수 있다. 소중한 것을 발견하고, 그것을 통해 얻는 힘으로 다시 일어서는 것, 그것이 '내일이 빛나는 삶'을 가능하게 하는 원동력이다. 이러한 생각들이 내 마음속에 깊이 새겨지며, 나는 매일매일 소중한 순간들을 간직하고, 그 안에서 새로운 희망을 찾고 있다.

39

〰️

제가 자아를
잃은 것처럼 보였나요?

10년 전, 나는 갑작스러운 뇌출혈로 인해 삶의 한계를 경험했다. 그 순간, 죽음의 문턱에 가까워졌고, 모든 것이 끝난 것처럼 느껴졌다. 그러나 그것은 끝이 아니라 새로운 시작이었다. 병상에 누워 있던 시간은 나에게 삶의 가치와 내면의 힘을 일깨워 주었다. 아프기 전까지는 운동이 귀찮고 피하고 싶은 일이었지만, 이제는 재활 운동을 통해 내 몸을 다시 움직이게 만들고, 무엇보다도 내 마음과 영혼을 치유하는 과정을 거쳤다. 운동이 내 삶의 필수가 되면서부터 나는 그 어느 것도 포기하지 않았고, 그 과정이 나를 여기까지 이끈 힘이 되었다.

나는 언제나 자신의 힘으로 삶을 이끌어 가는 것을 좋

아하는 당당한 사람이다. 주체적으로 결정을 내리고, 그 결정에 따른 책임도 기꺼이 질 준비가 되어 있다. 하지만 인생은 때때로 예상치 못한 방향으로 흘러가기도 한다. 나도 모르는 사이, 오랫동안 함께했던 남자 친구 K에게 의존하는 자신을 발견했다. 우리의 관계가 끝난 후에야 비로소 그 의존성이 나의 일상 속 깊이 자리 잡고 있었다는 것을 깨달았다.

그 후, 나는 혼자서는 무언가를 시작하기가 쉽지 않다는 것을 인정해야만 했다. 이러한 상황에서, 친구의 도움을 받아 매주 운전 연수를 시작했다. 우리는 처음엔 동네 주변부터 시작해 서울의 다양한 곳, 심지어 강원도 원주까지 드라이브하며 운전 연습을 했다. 초기에는 고칠 점이 많아 어려움도 많았지만, 시간이 흐를수록 나의 운전 실력은 눈에 띄게 향상되었고, 그에 따라 자신감도 커졌다. 친구의 생일날에 내가 집 앞으로 데리러 갔을 때, 이만큼 나를 성장 시켜준 내 친구의 모습이 너무나 뿌듯하고 멋져 보였다.

치료사이자 친구인 선생님과 오랜만에 디저트를 먹으러 갔을 때였다. J와 관련된 특별한 사건이 있을 때마다 자주 통화하며 조언을 구했지만, 실제로 만나 대화를 나눈 것은 정말 오랜만이었다. 우리는 맛있는 디저트를 나누며 여러 이야기를 나누었다.

"(디저트를 입에 넣으며) 서영 씨는 원래 주체적인 사람이었는데, J와의 관계에서 많이 달라졌던 것 같아. 그게 나쁘다는 건 아니야. 그때는 그 시기에 맞는 방식이었겠지. 하지만 서영 씨가 조금 의존적으로 보였던 것 같아."

"(충격받은 모습으로) 제가 자아를 잃은 것처럼 보였나요?"

"(고개를 끄덕이며) 응, 그게 딱 맞는 표현이야. 자신을 잃은 것 같았어. 지금은 다시 예전의 서영 씨로 돌아온 것 같네."

그때부터 나는 다시 내 안의 주체적인 힘을 찾기 시작했다. 운전 연습과 치료사 선생님과의 대화는 모두 나에게 중요한 순간이었다. 이제 나는 다시 나의 길을 개척해 나가고 있으며, 내 삶의 주인공으로서 당당히 서 있는 것이다. 나는 다시 주체적인 삶을 살아가고 있으며, 이 모든 경험을 통해 한층 더 성장한 나를 발견할 수 있었다.

'나는 결국 해내는 사람입니다.'

나의 이 선언은 내 삶의 모든 순간에 대한 굳건한 믿음을 나타낸다. 이는 단순히 긍정적인 사고를 넘어서 내 감정의 깊은 곳에서 우러나오는 강렬한 에너지와 연결되어 있다.

특히, 전 연인 J의 배신은 나에게 엄청난 분노를 일으켰다. 그 순간의 분노는 내 마음속에서 걷잡을 수 없이 솟구쳤고, 그 감정이 나를 완전히 지배하는 듯했다. 사람마다 분노를 표현하는 방식이 다르듯, 나는 이 감정을 어떻게든 관리하고 싶었다. 분노를 단순히 부정적인 감정으로만 여기지 않기로 했다. 오히려, 이 감정을 나의 성장과 발전을 위한 도구로 활용하기로 결심했다.

분노는 삶에서 빼놓을 수 없는 감정 중 하나이다. 매일 나와 동행하는 이 감정은 때로 익숙함 속에서도 불편함을 느끼게 한다. 일상에서 갑자기 솟구치는 분노는 당혹감을 안겨주지만, 나는 그 감정이 나의 일부임을 인정한다.

사람마다 분노를 표현하는 방식은 천차만별일 것이다. 어떤 이들은 목소리를 높이며 분노를 표출하는 반면, 다른 이들은 조용히 자신의 감정을 내면화하며 냉랭해진다. 하지만 중요한 것은 분노를 어떻게 관리하고 이를 긍정적인 변화로 바꿀 수 있느냐 하는 것이다.

나는 분노를 단순히 부정적인 감정으로만 여기지 않는다. 분노가 나에게 주는 메시지를 이해하고, 이를 건설적인 방식으로 해석하며 행동으로 옮기는 것이 중요하다. 분노가 솟구칠 때마다, 그 감정을 응시하고 그 안에서 자신을 발견하며, 결국엔 그 감정을 넘어서는 힘을 발휘하게 된다. 이 과정은 때로는 그 한계를 넘어서기도 한다. 그 과정에서 나는 나의 감정을 더 깊이 이해하고, 감정을 관리하는 능력을 키울 수 있다. 이러한 경험은 나를 더 강인하게 만들며, 결국 내가 목표로 하는 바를 이루는 데 도움을 줄 것이다.

분노를 적절히 관리하고 긍정적으로 전환하는 것은 결코 쉬운 일이 아니다. 하지만 이를 통해 나의 내면을 더 잘 이해하고, 더 나은 나로 거듭날 기회를 얻는다. 나는 이 과정에서 내 감정을 더 깊이 이해하게 되었고, 감정을 관리하는 능력을 키웠다. 이는 나를 더욱 강인하게 만들었으며, 결국 목표로 하는 바를 이루는 데 큰 도움이 되었다.

때때로 삶은 나에게 예기치 못한 도전을 던지기도 한다. 그러나 이러한 순간들이 나를 정의하는 것은 아니다. 정말 중요한 것은 내가 어떻게 대응하고, 어떤 교훈을 얻으며, 어떻게 다시 일어서는지에 있다. 어려움 속에서도 나는 항상 긍정적인 생각 유지했고, 내가 변화를 만들어갈 수 있는 무한한 잠재력을 가지고 있다는 것을 알고 있다. 매일 조금씩 변화하며, 나는 새로운 나로 다시 태어났다.

그 과정은 마치 어두운 터널을 지나 빛을 찾는 여정과 같았다. 분노라는 감정은 내게 가시처럼 아프기도 했지만, 그 아픔을 통해 나는 더 깊은 이해와 성장을 경험했다. 이제는 내 안의 분노를 두려워하지 않고, 그것을 나의 힘으로 삼아 한 걸음 더 나아가는 계기로 삼고 있다. 이렇게 나는 과거의 상처를 딛고, 더 강한 나로 다시 일어설 수 있었다.

40

언제나
봄날은 돌아오니까

중학교 시절부터 주고받았던 편지들을 다시 읽어보았다. 시간이 많이 흘렀음에도 불구하고, 그 속에 담긴 따뜻한 말들은 여전히 나에게 큰 힘이 되었다. 특히 중학교 수학여행 중 우연히 작성했던 미래의 유언장을 발견했을 때, 그 내용은 나를 깊은 생각에 빠지게 했다. 당시의 나는 미래에 대한 불확실성과 이루지 못한 꿈에 대한 아쉬움으로 가득 차 있었고, 그 모든 감정을 종이 한 장에 담아냈다. 다시 읽어보니, 만약 내가 예기치 않게 세상을 떠났다면, 부모님이 이 글을 읽고 느꼈을 슬픔이 얼마나 컸을지 가슴이 먹먹해졌다.

사랑하는 부모님께.

아빠. 엄마. 제가 먼저 세상을 떠나게 되어 정말 죄송해요. 가끔 짜증 내고 화내서 미안해요. 이렇게 빨리 떠날 줄은 몰랐어요. 만약 알았다면 속 썩이지 않았을 거예요. 제 꿈을 이루지 못하고 떠나는 게 아쉽긴 하지만, 엄마, 아빠는 꿈을 이루기 위해 열심히 살아주세요. 내 동생 지훈아, 누나가 이렇게 빨리 가게 돼서 미안해. 그동안 누나로서 많은 걸 해 주지 못해서 미안해. 누나가 없으니, 네가 부모님 잘 모시고 살아야 해. 부모님, 그리고 지훈이와 나머지 가족, 친구들 모두 사랑해.

중학생이었던 내가 부모님에게 남긴 이 글이 무책임했는지, 그들이 느낄 슬픔과 걱정을 생각하니 마음이 무겁고 아팠다. 이는 나에게 삶과 사랑, 그리고 가족의 소중함에 대해 다시 생각해 보는 계기가 되었다. 또한, 미래에 대한 나의 꿈과 소망을 어떻게 현실로 이끌어갈 것인지, 그 과정에서 가장 중요한 사람들과 어떻게 소통해야 할지에 대해 다시금 고민하게 되었다. 불확실한 미래 속에서도 사랑하는 사람들과 함께라면 어떤 어려움도 극복할 수 있을 것이라는 믿음이 생겼다. 고등학생 시절, 엄마가 써주신 편지에서 나는 또 다른 감동을 느꼈다.

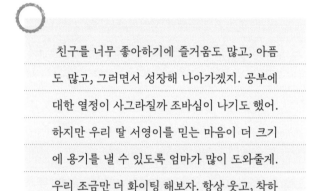

친구를 너무 좋아하기에 즐거움도 많고, 아픔도 많고, 그러면서 성장해 나아가겠지. 공부에 대한 열정이 사그라질까 조바심이 나기도 했어. 하지만 우리 딸 서영이를 믿는 마음이 더 크기에 용기를 낼 수 있도록 엄마가 많이 도와줄게. 우리 조금만 더 화이팅 해보자. 항상 웃고, 착하게 자라줘서 고마워……

나는 언제나 주변 사람들을 진심으로 대했기에, 그만큼의 사랑을 돌려받지 못할 때 마음이 아팠다. 인간관계에서 오는 스트레스는 여전히 내게 취약점이지만, 이제는 그 마음을 놓아버리는 법을 배웠다.

'우리의 인연이 여기까지였나 보다.

인연이라면 언젠가 다시 만날 것이다.'

　떠나가는 이들을 붙잡지 않고, 새롭게 다가오는 인연
도 받아들일 준비가 되어 있다. 더 이상 타인의 사랑을 갈
망하지 않기로 했다. 대신, 내가 진정으로 소중히 여기는
사람들에게 조건 없는 사랑과 관심을 쏟아부을 것이다.

　이러한 마음가짐의 변화는 내게 새로운 희망의 빛을
선사했다. 어려움 속에서도, 나는 내면의 힘을 발견하고
다시 빛날 준비가 되어 있다. 진정한 사랑과 우정의 가치
를 깨닫고, 이제 나는 더욱 강하고 빛나는 사람이 되었다.
인생의 모든 관계는 순환하며, 각각이 나에게 귀중한 교훈
을 준다. 마음가짐이 모든 것을 결정한다. 처음 어려움에
부딪혔을 때, 나는 빠르게 회복될 것이라며 긍정의 힘을
믿었다. 주변에서 나를 지지해 주는 친구들의 응원도 큰
힘이 되었다. 특히 군대에 간 친구들에게 편지를 쓰며, 오
른손의 감각과 힘이 서서히 돌아오기 시작했다. 편지를 받
은 친구들의 기쁨과 나의 손 운동을 겸할 수 있는 '일석이
조'의 경험은 나에게 긍정적인 에너지를 선사했다. 그중에
서도 나중에 내게 운전을 가르쳐 준 K 친구의 답장은 나에
게 큰 위안이 되었다.

이건, 나도 들은 말이고, 여기 와서 느낀 건데, 오래달리기할 때나 훈련을 받을 때 '조금만 더' 라는 생각으로 하면 군 생활을 잘할 수 있대. 숨이 턱 끝까지 차오를 때, '그래, 조금만, 조금만 더!'를 속으로 외치며 버티는 거지. 끝이 없는 게 아니니까. 너한테도 조금은 도움이 되는 말 같아서 한번 써봤어. 언제나 봄날은 돌아오니까!

그는 군 생활 중 배운 '조금만 더'라는 마음가짐을 나누며, 어떤 상황에서도 포기하지 않고 버텨내는 법을 알려주었다. 그의 말은 나에게 큰 용기를 주었고, '언제나 봄날은 돌아오니까.'라는 그의 메시지는 나의 마음에 따뜻한 위로가 되었다.

어느 날, 예기치 못한 질병이 찾아와 나의 삶을 송두리째 흔들어 놓았다. 몸은 점점 쇠약해졌고 마음은 점점 무거워졌다. 이 어려운 시기를 겪으며, 나는 내 경험과 깨달음을 다른 이들과 나누고자 하는 마음이 들었다. 어쩌면 나와 같은 상황에 부닥친 누군가에게 내 이야기가 조금이

나마 위안이 되고, 힘이 될 수 있지 않을까? 하는 생각에, 나는 글을 쓰기 시작했다.

나는 앞으로도 계속해서 더 나은 내일을 향해 나아갈 것이다. 스무 살이라는 젊은 나이에 시작된 질병은 서른이 된 지금까지도 나와 함께 하고 있다. 이 질병은 마치 머릿속에 끊임없이 고통을 주는 나쁜 꽈리들처럼 나를 괴롭히며 살아가고 있다. 시간이 흘러도 그들과의 불편한 동거는 여전히 힘겨운 싸움이다.

하지만 이제, 나는 그들과의 결별을 결심했다. 오랜 시간 동안 고민 끝에, 마침내 수술이라는 어려운 결정을 내리게 되었다. 도종환 시인의 '흔들리지 않고 피는 꽃이 어디 있으랴.'라는 말을 되새기며, 나는 새롭게 시작하는 삶에 대한 희망을 품고 있다. 이 말은 나에게, 어떤 어려움과 고통 속에서도 희망을 잃지 않고 꿋꿋이 살아가야 함을 상기시켜 준다.

나는 이 수술을 통해 마침내 깨끗한 뇌, 즉 고통 없는 삶과 다시 만날 수 있기를 기대한다. 이것은 나에게 새로운 시작이 될 것이며, 그동안 나를 괴롭혔던 '나쁜 꽈리들'로부터 자유로워질 기회가 될 것이다. 고난과 흔들림 속에서도 꽃처럼 아름답게 피어나길 소망한다. 이 수술이 나의 삶에 새로운 장을 열어줄 것이라 믿으며, 앞으로의 변화를 긍정적인 마음으로 기다린다. 나는 결국 해낼 것이고, 나는 나를 믿는다.

또한, 어려움을 극복하고 더 나은 내일을 향해 나아가는 과정에서 나의 이야기가 누군가에게 작은 빛이라도 되길 소망한다. 힘든 시기를 겪고 있는 이들에게 작은 등대가 되어, 그들의 어둠 속에 빛을 비춰줄 수 있기를 바란다.

우리가 모두 각자의 꽃을 피우기 위해 싸우고 있다는 것을 잊지 말자. 언젠가, 그 꽃이 만개할 날이 올 것임을 믿으며, 나는 계속해서 나의 길을 걸어가겠다. 지금, 이 순간에도 희망의 씨앗은 내 마음속에서 성큼성큼 자라고 있다.

그런 날이 있잖아,
불행을 만났다가 잘 헤어진 날

스무 살, 예상치 못한 일로 인생이 뒤바뀐 이야기. 뇌출혈, 편마비, 재활

초판 1쇄 | 2025년 5월 31일

지은이 | 배서영
펴낸이 | 김용환
펴낸곳 | 캐스팅북스

등   록 | 2018년 4월 16일
주   소 | 서울시 강서구 양천로 71길 54 101-201
전   화 | 010-5445-7699
팩   스 | 0303-3130-5324
메   일 | 76draguy@naver.com

ISBN | 979-11-978575-6-0

'모든 사람의 글은 훌륭하다. 다만, 그 시대에 적합하지 않을 뿐이다.' 캐스팅북스는 사람들의 소중한 이야기를 책이라는 그릇에 정성스레 담아내고 있습니다.